Kurt Hornig

Die Serienmorde in Bad Fürmont

Am Zwölften ist Stichtag

Kriminalroman

Bibliografische Information der Deutschen Nationalbibliothek:
Die Deutsche Nationalbibliothek verzeichnet diese Publikation in der Deutschen Nationalbibliografie; detaillierte bibliografische Daten sind im Internet über http://dnb.dnb.de abrufbar.

© 2023 Kurt Hornig
Herstellung und Verlag: BoD – Books on Demand, Norderstedt

ISBN: 978-3-7578-0360-5

Kapitel 1

Es klingelt an ihrer Haustür. Die Frau, sie ist Mitte dreißig, erkennt auf dem kleinen Monitor der Gegensprechanlage den Mann, den sie vor drei Stunden angerufen hat. Sie betätigt den Summer, öffnet einen Spalt breit die Wohnungstür und hört wie er mit festem, eiligem und Selbstsicherheit ausstrahlendem Schritt die Treppe heraufkommt.

Er ist Mitte fünfzig, muskulös gebaut und sportlich gekleidet. Er strahlt Ruhe, Verlässlichkeit und Gelassenheit aus. Und er vermittelt jedem ein Gefühl der Sicherheit. In Erwartung schöner Stunden hat er seine Dienststelle heute bereits am Mittag verlassen.

Herr Gstellter betritt die Wohnung, schließt die Tür, zieht voller Vorfreude sein Sakko aus und geht wie üblich zielbewusst in den großzügigen Wohnbereich.

„Gut, dass du dich freigemacht hast", empfängt sie ihn.

„Ich mach mich gleich noch freier. Ich kann`s kaum erwarten dich zu ..."

„Stopp. Nicht so schnell", unterbricht sie ihn.

„Was ist denn? Fehlt dir etwas? Und warum bist du gar nicht richtig angezogen? Weshalb hast du mich überhaupt angerufen? Was ist passiert?"

Er geht auf die Frau zu und will sie küssen. Sie wendet sich ab.

„Nein, lass es. Ich mache Schluss."

„Du machst Schluss? Was soll das heißen? Womit willst du schlussmachen?"

„Mit meinem jetzigen Leben. Ich will ein neues Leben anfangen."

„Was soll ich tun? Soll ich meine Frau verlassen? Du weißt genau, dass das nicht geht. Es muss alles so bleiben wie es ist. Es tut mir ja auch leid. Aber was soll ich machen? Wenn ich mich von meiner Frau trennen würde, gäbe es einen Skandal. Ich werde demnächst befördert. Da kann ich mir einen Skandal nicht leisten."

„Du glaubst ja gar nicht, wie oft ich das alles schon gehört habe. Und immer endet es mit diesem einen Satz. Ja, ich weiß. Ich bin skandalös …, für euch. Aber nicht ich bin skandalös. Du, ihr, meine Kunden seid der eigentliche Skandal. Ich werde in eine andere, kleinere Stadt ziehen, mir eine neue Existenz aufbauen und ein neues Leben beginnen. Ein ruhigeres, schöneres Leben. Ja, wenn du so willst, ein spießiges, biederes Leben."

„Was willst du? Weg aus Göttingen? Das kannst du mir nicht antun. Ich habe viel in dich investiert. Hast du das vergessen? Brauchst du Geld? Willst du ein neues Auto? Sag es mir."

„I n v e s t i e r t? Nee, mein Lieber. Ich möchte nicht, dass du noch mehr in mich investierst. Und ich will auch kein Investitionsobjekt mehr sein, weder für dich noch für die anderen. Ich habe in den letzten Jahren genug zur Seite gelegt und gespart. Und wenn es einmal nicht reichen sollte, kann ich dich ja anrufen. Du stehst bei mir ja ganz weit oben."

„Von anderen? Andere haben dich auch unterstützt? Du hast immer so getan, als sei ich der Einzige, der Dich unterstützt."

„Mein Gott, bist du naiv", lacht sie ihn aus. „Du hast immer gewusst womit ich meinen Lebensunterhalt verdiene. Es war mein Job. Und jetzt? Ich wollte nicht verschwinden, ohne dir Tschüss zu sagen. Schließlich warst du mein bester Kunde. Und per Telefon oder sms? Das ist nicht mein Stil. Und jetzt lass mich bitte allein. Ich wünsche dir alles Gute."

„Alles Gute? Dein bester Kunde? Und jetzt schmeißt du mich raus? Nee, nee, so nicht. Nicht mit mir. Für was hältst du dich eigentlich? Du bist doch eine ganz einfache …"

„Nutte? Wolltest du das sagen?", unterbricht Jeanette ihn selbstbewusst, „und…, was ist daran so verwerflich? Es gibt uns doch nur, weil ihr Männer uns haben wollt."

Laut, fast schreiend: „Und jetzt lass mich endlich allein."

Und dann wieder ganz leise, verrucht und geheimnisvoll: „Ich habe noch einen Termin."

Er versucht es jetzt noch einmal auf die sanfte Art, sie von ihrem Vorhaben abzubringen. Aber es gelingt ihm nicht.

„Gut, wenn du es partout nicht willst, dann wünsche ich dir viel Glück. Aber das Buch, von dem du mal gesprochen hast, das gibst du mir. Ich dachte immer, es sei dein Tagebuch. Jetzt verstehe ich. Du hast Namen, Adressen und so weiter darin notiert. Das brauchst du in deinem neuen Leben ja nicht mehr. Also her damit."

„Das habe ich nicht mehr. Ich habe es vor ein paar Tagen weggeworfen."

„Lüg mich nicht an. Gib mir das Buch."

„Ich sag doch: Ich habe es nicht mehr. Du kannst dich darauf verlassen."

„Mich darauf verlassen? Auf dich? Nein, gib es mir. Jetzt."

Er geht auf sie zu und fasst ihre Oberarme: „Gib mir das Buch."

Sie schüttelt den Kopf.

„Gib mir das Buch", wird er laut „und zwar sofort".

Sie schüttelt erneut ihren Kopf und sieht ihn verächtlich an. Jeanette kann sein nonverbales

Verhalten nicht richtig deuten. Er gibt ihr eine schallende Ohrfeige und ergreift erneut ihre Oberarme. Ganz leise, aber gefährlich, sehr gefährlich und mit einem hasserfüllten Blick:

„Ein letztes Mal. Gib mir das Buch. Ich will es haben. Reiz mich nicht noch mehr. Ich möchte dir nicht wehtun. Aber, wenn du nicht vernünftig bist, wirst du es bereuen. Du weißt, was ich alles in Bewegung setzen kann. Ich kann helfen, das hast du erlebt. Aber ich kann auch zerstören. Und das weißt du. Also, wo ist es?"

Sie reißt ihre Arme hoch, tritt zwei Schritte zurück und ist aus seiner direkten Reichweite. Sie spürt seine Aggressivität, und dass sie von jetzt auf gleich auf einem Pulverfass sitzt.

„Selbst wenn ich es noch hätte, könnte ich es dir nicht geben." Sie sagt es ganz leise, aber nicht mehr so selbstbewusst wie am Anfang. „Ich habe es nämlich nie hier aufbewahrt."

„Wo hast du es? Und lüg mich nicht an. Ich warne dich zum letzten Mal."

Jeanette bleibt stumm. Der Mann geht langsam auf sie zu. Er manövriert sie langsam rückwärts in eine Zimmerecke. Schritt für Schritt weicht sie zurück. Doch Jetzt sitzt er in der Falle.

Der Mann greift in seine Hosentasche.

„Was soll das? Was willst du mit dem Messer?"

„Wenn du mir das verfluchte Buch nicht gibst, muss ich es mit Gewalt aus dir rausholen. Es geht ganz langsam. Und glaub mir. Du wirst es mir geben."

Er geht weiter auf sie zu. Er klappt das Stilett auf und hat es fest im Griff.

Es klingelt. Geistesgegenwärtig versucht sie sich aus dieser misslichen Situation zu befreien.

„Das ist meine Kollegin. Sie weiß, dass ich zuhause bin. Wir sind bei mir verabredet. Sie will mir beim Möbelkauf helfen. Ich muss sie hereinlassen."

Er erkennt, dass sie recht hat und lässt deshalb von ihr ab, nimmt sein Sakko und verlässt ohne das Buch die Wohnung.

Jeanette ahnt, dass er zurückkommen wird. Sie war anfangs froh, ihn zu ihren Kunden zu zählen. Er war einflussreich, und wenn es denn einmal notwendig sein sollte, könnte er sie beschützen. Jetzt ist ihr jedoch klar, um an das Buch zu kommen, wird er seinen Einfluss und seine Macht gegen sie einsetzen. Und plötzlich wird aus ihrer vermeintlichen

Lebensversicherung das Gegenteil. Sie weiß, dass sie ab sofort in Gefahr schwebt. In Lebensgefahr? Was soll sie mit dem Buch machen? Sie ärgert sich schwarz, dass sie damals ganz nebenbei davon gesprochen hat.

Gstellter geht die Treppe hinunter, begegnet aber nicht der Kollegin, sondern es kommt ihm nur ein Mann entgegen. Grußlos gehen sie an einander vorbei. Möglicherweise denkt jeder das Gleiche.

Gstellter fährt noch einmal ins Amt. Nach Hause will er noch nicht, da seine Frau ihm, aus seiner Sicht, unangenehme und seltsame Fragen stellen würde, wenn er so früh nach Hause käme.

*****

Ein niedergeschlagener Mann, Mitte vierzig, sitzt in der Küche seines Hauses in Bad Fürmont. Manni hat einen schweren familiären Rückschlag zu verkraften. Er gibt anderen die Schuld an seiner Situation und sinnt deshalb auf Rache, weiß aber noch nicht wie. Manni besitzt in Bad Fürmont ein kleines angesehenes Planungsbüro, das er seit seinem Schicksalsschlag allerdings sehr vernachlässigt.

Es klingelt. Manni geht zur Haustür, öffnet sie und

will fragen, was es gäbe. Aber er kann es nicht. Sein Mund steht weit offen, und seine Augen werden ungläubig groß. Er versteht nicht, was hier gerade geschieht. Er ist sprachlos. Wer ist der Klingelnde? Was will der?

„Manfred Illsig"? bricht der Fremde die Stille.

Manni nickt. „Und wer …?"

„Daniel, darf ich herein kommen?"

Die nächsten Stunden vergehen wie im Fluge, und die folgende Nacht verbringen Beide mit erzählen. Erst im Morgengrauen gehen sie schlafen.

Am anderen Tag wachen die Männer spät auf. Sie überdenken ihr Gespräch der vergangenen Nacht und beschließen, noch heute zu Daniel nach Ismaning bei München zu fahren. Vielleicht kann Manfred durch die neue Situation von seinem mörderischen Vorhaben abgebracht werden.

Daniel hat ebenfalls vor kurzem einen schweren familiären Verlust erlitten und auch stark darunter zu leiden. Er ist aber frei von Rachegelüsten. An seinem familiären Verlust trägt niemand Schuld. Sein Verlust hat den bisher so starken Architekten jedoch labil gemacht. Und schließlich gelingt es Manni, Daniel von seinem Plan zu überreden.

„Schade, dass ich dich nicht ins Büro nach Freimann mitnehmen kann. Ich hätte dich gerne meinen Mitarbeitern vorgestellt. Aber bei dem, was wir vorhaben, geht das nicht. Meine Leute dürfen uns auf keinen Fall zusammen sehen."

„Aber wie willst du es denn mit den Kisten machen? Wie erklärst du das deinem Tischler?"

„Wir beide können am Sonntag die Dinger zusammenbauen. Das schaffen wir locker. Die Tischlerei liegt im Gewerbegebiet vom Poing. Da stören wir auch am Sonntag niemanden. Aber jetzt rufe ich erst im Büro an und melde mich ab. Und danach gehen wir die anderen Dinge durch."

Nach dem Telefonat fährt Daniel den Laptop hoch und lädt die gewünschten Informationen herunter. Er nimmt einen Zettel und macht systematisch bestimmte Notizen und Bemerkungen.

„So, Manni, hier habe ich die für uns wichtigen Münchener Blitzer eingetragen. Und hier unten findest du die, nach und von Garmisch. Auf der anderen Seite stehen die, in und aus Richtung Salzburg. Ich melde mich dann immer per Handy. Und lass dir von allen Einkäufen und vom Tanken Quittungen geben."

„Ich hoffe, dass ich nach unserer Sache Ruhe finde."

Den folgenden Samstag verbringen die zwei im

Münchener Umland. Und dann kommt der Sonntag.

Sie fahren mit Daniels Sieben-Sitzer wie besprochen nach Poing zu seiner Modelltischlerei. Die hinteren Fenster des Wagens sind verdunkelt, so dass man kaum ins Innere sehen kann. Wie ein eingespieltes Team sägen die beiden Männer Bretter zurecht und schrauben sie dann zusammen. So entstehen zwei Kisten. Sie sind groß genug, um Menschen darin zu transportieren. Tot oder lebendig. Beide sind mit ihrem Ergebnis zufrieden, und besonders Manfred macht ein zufriedenes Gesicht. Daniel fährt das Auto in die Werkstatt, und sie laden die noch leeren Kisten ein.

„Das haben wir erst einmal geschafft," meint Daniel.

Will er sich mit dieser belanglosen Äußerung Rechtfertigung oder Mut für die bevorstehenden Taten verschaffen? Manni nickt nur. Den restlichen Sonntag verbringen Beide in Daniels Wohnung.

Am anderen Morgen tauschen sie die Wohnungsschlüssel, und Daniel macht sich über die Autobahn auf den Weg nach Bad Fürmont. Manfred bleibt in Daniels Münchener Wohnung zurück.

Daniel will in den nächsten Tagen Bad Fürmont und seine Umgebung näher kennenlernen. Deshalb tauschen sie auf unbestimmte Zeit sporadisch ihre Wohnungen. Wie wird ihr Vorhaben ausgehen?

*****

Jeanette fährt von Göttingen nach Bad Fürmont. Sie hat die Rufumleitung aktiviert. So ist sie jederzeit erreichbar, aber keiner der Anrufenden weiß, wo sich Jeanette gerade befindet. Und wenn sie will, ist sie in gut einer Stunde wieder in Göttingen. Nachdem ihr maßgebliche Bad Fürmonter Personen vor etwa einem halben Jahr zugesichert haben, ihr in der Brunnenstraße in Bad Fürmont ein Ladengeschäft zu günstigen Konditionen zur Verfügung zu stellen, hat sie sich umgehend eine Wohnung gemietet. Kurz darauf hat sie ein schönes Ladenlokal gefunden und den Pachtvertrag unterschrieben.

Es klingelt an ihrer Haustür. Sie ist überrascht, da sie in Fürmont bisher keine Bekannten hat und in Göttingen niemand ihre neue Adresse kennt. Irritiert betätigt sie die Gegensprechanlage: „Ja, bitte?"
„Paketdienst. Ein Paket für Sie."

Sie öffnet und wartet an der Wohnungstür.
„Was willst du denn hier? Woher hast du meine Adresse?"

„Du solltest doch eigentlich wissen, dass so etwas für mich ein Leichtes ist."

„Darf ich reinkommen?"

„Nein."

Jeanette schlägt die Tür zu. Gstellter steht wie der begossene Pudel im Hausflur. Er klopft an die Tür. Jeanette hängt die Sicherheitskette ein und öffnet erneut einen Spalt breit die Tür.

„Lass mich rein, bitte."

„Nein. Ich will das nicht mehr. Ich dachte, ich hätte mich klar ausgedrückt."

Gstellter wird gemein: „Wissen deine Nachbarn von deiner Vergangenheit?"

Jeanette pariert: „Ich könnte damit besser leben als du mit deiner Vergangenheit mit mir".

„Du Schlange. Das wirst du bereuen."

Er geht.

Jeanette lehnt sich rückwärts, ratlos und wütend an die Wohnungstür. Sie wusste es. Er wird sie nicht in Frieden lassen und nicht eher ruhen, bis er das Buch besitzt. Jetzt bereut sie, ihn als Kunden gehabt zu haben, einen Kunden, der unter diesen Umständen zu fast allem bereit ist und Verbindungen zu Kreisen hat, die ebenfalls vor nichts zurückschrecken, vor gar nichts. Jeanette erkennt, dass der Ausbruch aus ihrem alten Leben, dem Leben der Jeanette, mit großen Schwierigkeiten verbunden ist. Sie geht zum Wohnzimmerfenster und sieht Gstellter ins Auto steigen.

Sekunden später klingelt ihr Handy, und auf dem Display erscheint: Frank Gstellter KD.

„Arschloch, geiler alter Bock, verschwinde", schreit sie ins Handy während sie die Ablehnen-Taste drückt. Durch die Gardine sieht sie Gstellter erneut telefonieren und dann wegfahren. Sie denkt an seinen Bekanntenkreis, von dem Frank Gstellter ihr des Öfteren erzählt hat. Und was für ein toller Hecht er doch gewesen ist. *Mit dem Klientel will ich nichts zu tun haben*, hat sich Jeanette oft gedacht. Und es ist ihr bisher auch gelungen. Zugegeben, mit Gstellters Hilfe.

*****

„Hallo, Kevin, hier ist Frank, Frank Gstellter. Kevin, ich habe ein kleines Problem. Hast du Zeit...? Gut, dann komm bitte nach Bad Fürmont. Können wir uns gegen halb vier heute Nachmittag treffen...? Nein, für dich kein Problem. Nur ein bisschen mit Nachdruck nachhaken. Ich brauche unbedingt ein kleines Buch und das Handy einer Bekannten. Sie will aber Beides nicht rausrücken. Und da habe ich an dich und deine überzeugenden und stichhaltigen Argumente gedacht. …Was?… Nein, alles im grünen Bereich. Du brauchst dir keine Gedanken zu machen. Ja, die Führerscheinsache ist vom Tisch. Die Körperverletzung…? Ach so…, kann ich nicht finden. Muss wohl irgendwie verschwunden sein. Ja ich weiß, eine Hand wäscht die andere. Ich melde mich gleich noch mal wegen des Treffpunkts."

Gstellter legt auf und sucht im Netz nach einem geeigneten Cafè, Restaurant oder einem Parkplatz.

Nach etwas mehr als einer Stunde ist Kevin auf dem großen Parkplatz eines Einkaufzentrums in Fürmont angekommen.

„So sieht sie aus", beginnt Gstellter und zeigt Kevin ein Foto.
Kevin lacht herzhaft: „Jeanette, von der brauche ich kein Foto. Die kennt man doch in unseren Kreisen."

Gstellter übersieht geflissentlich die Bemerkung in unseren Kreisen. Die Beiden gehören unterschiedlichen Kreisen an.

Kevin fährt fort: „Uni-Klinik, Staatsanwaltschaft, Verwaltung und Polizeidirektion. Muss ich noch mehr sagen? Ich hätte sie gerne unter meine Fittiche genommen. Aber das Luder wollte nicht, und irgendwer aus deiner Dienststelle hält wohl seine Hand schützend über sie."

Dabei grinst Kevin Frank Gstellter vielsagend an.

„Es wäre gut, wenn du die Sache heute noch erledigen könntest. Ohne Aufsehen. Alibi gebe ich dir. Wenn ich das Buch und ihr Handy habe, sind für dich dreitausend drin. Hier ist ihre Adresse."

Die Beiden verabschieden sich und gehen ihrer Wege.

*****

Am selben Abend bestellt Jeanette ein Taxi und lässt sich zu einem Restaurant an der Hauptallee fahren. Einige Minuten später betritt Kevin das Lokal. Er blickt sich um und sieht Jeanette. Sie ist in die Speisekarte vertieft und hat ihn deshalb noch nicht bemerkt. Er sucht einen freien Tisch und wählt seinen Platz so, dass sich Beide sehen können. Sie hat gewählt, legt die Karte zur Seite und sieht sich ziellos und gedankenverloren im Restaurant um. Kevin fällt ihr sofort auf. Er sieht gut und gepflegt aus. Sein dunkles, volles, wuscheliges Haar und sein brauner Teint verleihen ihm etwas Interessantes.

Toller Jahrgang, würde gut zu mir passen, denkt sie.

Ihre Blicke kreuzen sich kurz, zufällig. Beim zweiten Mal schon nicht mehr so kurz. Sie flirten miteinander.

Was soll ich sagen, wenn er mich ansprechen sollte?
Wieso sollte er das tun? Der ist genau wie ich auch nur
zum Essen hier. Aber trotzdem, schön wäre es schon.
Endlich einmal wieder ohne Kundenwunsch, ohne
Vorgaben und ohne Prahlereien. Mich einfach
gehenlassen, träumt sie mit offenen Augen.

Und dann doch. Kevin steht auf und kommt langsam
an Jeanettes Tisch.

„Guten Abend, ich kenne Sie aus Göttingen",
beginnt er ohne Umschweife.
Sie erschrickt.

Meine Vergangenheit hat mich schon eingeholt.
Aber ich kenne diesen Typen nicht.

„Tut mir leid. Ich kenne Sie nicht."
„Das spielt keine Rolle. Ich soll jemandem ein Buch
bringen, egal mit welchen Mitteln. Haben Sie das Buch
hier?"
Erschrocken und irritiert schüttelt Jeanette lediglich
den Kopf.
„In Ihrer Wohnung?"
Sie reagiert nicht.
„Also, ja", zischt er sie ganz leise, aber gefährlich an.
Seine Augen signalisieren Entschlossenheit. Und sie
verraten Jeanette außerdem Gefahr. Sie kann sich

seinem stechenden Blick nicht entziehen. Sie zittert. Jeanette hört ihn wie aus weiter Ferne sagen: „Gleich kommt deine Bestellung. Wenn du mit dem Essen fertig bist, gehst du raus, und ich folge dir direkt."

Um seiner Forderung Nachdruck zu verleihen, öffnet er etwas sein Sakko. Eine Waffe wird sichtbar.

„Signora, Ihre Pizza Caprese und Ihr Pinot grigio".

Jeanette kommt der servierende Kellner wie ein Engel vor.

Kevin zieht sich an seinen Tisch zurück. Aber er lässt Jeanette nicht aus den Augen. Sie hat Angst, ist ratlos. Hier, in dem gut besuchten Restaurant ist sie im Moment aber sicher.

Was soll ich tun? Ich kann doch nicht ewig hier sitzen bleiben. Und wenn ich rausgehe? Wie weit wird er gehen? Was macht er, wenn ich ihm das Buch gebe? Lässt er mich dann in Ruhe? Polizei anrufen? Quatsch. Was sollte ich ihr denn wohl sagen? Dass der mich anmachen
wollte?

Sie nippt an ihrem Wein. Aber er schmeckt ihr nicht. Die Pizza? Sie kann keinen Bissen herunter bekommen.

Ihr ist der Appetit vergangen. Verstohlen blickt sie zu Kevin, sieht ihm aber nicht in die Augen. Sie sucht nach einer Lösung, findet aber keine. Die sonst so selbstsichere Jeanette ist total verzweifelt. Eine Lösung muss her. Einen Ausweg muss sie finden. Sie holt aus der Handtasche vorsichtig ihr Handy. Taxiruf, scheint ihr Ausweg aus der misslichen Lage zu sein.

Kevin sieht das und erhebt sich leicht. Sein Blick verheißt nichts Gutes. Jeanette bemerkt es. Sie steckt das Handy wieder zurück. Kevin setzt sich wieder.

Der Kellner kommt zu Kevin und versperrt dabei den Blick zu Jeanette. Sie nutzt diesen Augenblick, wirft schnell vierzig Euro auf den Tisch, reißt ihre Jacke an sich und verschwindet eilig aus dem Restaurant.

Sekunden später gibt der Kellner die Sicht zu Jeanette wieder frei. Jeanette ist verschwunden. Kevin springt auf und folgt ihr. Es ist bereits dunkel geworden. Jeanette bleibt verschwunden.

Sie hat zwar noch keine sehr großen Ortskenntnisse, aber sie reichen aus, um zu verschwinden.

Sie läuft in einen Weg mit mehreren Biegungen. Er wird von Einheimischen häufig als Abkürzung benutzt und ist nur spärlich beleuchtet. Nach der zweiten

Biegung stößt sie fast mit einem Mann zusammen.

„Hoppla, Sie haben es aber eilig. Kann ich Ihnen vielleicht helfen?", fragt der Mann mit ruhiger, sonorer Stimme.

„Nein, nein, vielen Dank. Es ist alles in Ordnung. Ich wollte nur… ja, doch. Vielleicht können Sie mir doch helfen. Ich wollte mir ein Taxi rufen. Würden Sie vielleicht bei mir bleiben, bis es da ist?"

„Ja, natürlich. Aber Sie zittern ja am ganzen Leibe. Ist Ihnen nicht gut? Sollen wir nicht lieber einen Arzt rufen?"

„Nein, keinen Arzt. Das gibt sich gleich wieder."

„Wohnen Sie hier in Bad Fürmont?"

Jeanette nickt.

„Soll ich Sie nach Hause bringen? Mein Wagen steht dahinten auf dem Parkplatz. Oder soll ich Sie vielleicht nicht doch lieber ins Krankenhaus fahren?"

„Nein, kein Krankenhaus. Es geht mir schon wieder besser. Aber wenn Sie mich nach Hause bringen würden, wäre ich Ihnen sehr dankbar. Ich wohne die Serpentinen hoch, auf dem Berg."

„Selbstverständlich. Das mache ich gerne."

Vertrauensvoll geht Jeanette mit ihm zum Parkplatz und ist jetzt doch froh, sicher nach Hause gebracht zu werden.

Zwei Stunden später ruft der Mann in München an: „Hallo Manfred. Daniel hier. Es hat sich aus dem Nichts ergeben. Vor ungefähr einer Stunde. Und es hat alles geklappt. Besorg dir jetzt eindeutige Belege. Ich muss jetzt Schluss machen. Es nimmt mich doch mehr mit als ich dachte. Bis bald."

*****

Am folgenden Morgen des vergangenen Tages ruft Kevin Stiller den Polizeidirektor auf dessen Privathandy an. Er erreicht ihn im Auto auf der Fahrt ins Büro.

„Hallo, Frank. Hier ist Kevin. Es ist nicht so gut gelaufen wie geplant."

„Was soll das heißen? Hast du die Sachen oder nicht?"

„Nein. Ich hab sie nicht. Das liegt daran, dass…"

„Mich interessiert nicht warum du versagt hast. Ich will das Buch und das Handy haben."

Mit jedem Wort wird seine Stimme lauter. „Ich habe gedacht, du seist ein Profi. Und dann biete ich dir auch noch so viel Geld an. Ich weiß gar nicht, was ich sagen soll. Kann man sich denn auf niemanden mehr verlassen? Was glaubt du, warum ich dir so oft geholfen habe?"

Er befindet sich längst im Schreimodus.

„Frank, hör mir mal zu."

„Unterbrich mich nicht!", brüllt Gstellter erneut ins Telefon.

Er schlägt mit der Hand wütend auf das Lenkrad.

„So nicht", hält Kevin mit lauter und fester Stimme dagegen, „das kannst du mit deinen Lakaien machen, aber nicht mit mir. Auf ein paar Jährchen mehr oder weniger kommt es mir nicht an. Ich habe gutes Sitzfleisch. Unter anderem auch für dich. Vergiss das nicht. Und die drei Mille? Du glaubst doch nicht, dass mich die peanuts reizen. Also: Entweder hörst du mir jetzt zu, oder ich lege auf, und du kannst deinen Mist alleine machen. Entscheide dich. Was willst du?"

Gstellter erinnert sich daran, mit wem er telefoniert und antwortet brummig in gemäßigter Lautstärke. „Ja, ist schon gut. Also, was ist passiert?"

Kevin Stiller berichtet alles, was relevant ist: „Und dann ist sie schnell aus dem Restaurant raus. Ich kenne mich in diesem verflixten Ort doch nicht aus und habe sie deshalb zunächst aus den Augen verloren. Aber nach kurzer Zeit habe ich sie wieder gesehen. Sie ist zu einem Mann in einen Van gestiegen. Den Mann habe ich nicht gekannt. Hinterher konnte ich nicht. War ja zu Fuß. Ich habe dann meinen Wagen geholt, bin zu ihrer Fürmonter Wohnung gefahren und habe vor ihrem Haus gewartet. Sie ist die ganze Nacht nicht zurückgekommen. Ich habe sie X-Mal auf dem Handy und dem Festnetz angerufen. Sie geht aber nicht ran. Auf ihrer Göttinger Nummer meldet sie sich auch nicht. Was schlägst du vor? Wie machen wir weiter?"

„Ich bin gleich im Büro und sehe mal nach, ob ich etwas im Polizei-Computer finde. Mach bis dahin nichts. Ich melde mich wieder. Bis dann."

Der Leitende Kriminaldirektor hat seine Dienststelle erreicht und fährt seinen Computer sofort hoch, findet aber keine entsprechenden Einträge oder Berichte.

*****

Die Turmuhr der Stadtkirche schlägt zweimal. Es ist halb. Halb sieben am Abend. Der Zwölfte des Monats. Das Telefon des Polizeikommissariats klingelt. Eine Handy-Nummer.

„Polizeikommissariat Bad Fürmont, Kommissar Brandt. Was kann...",

Der Anrufer fällt ihm ins Wort: „Hören Sie mir zu! Ich sag es nur einmal! Fahren Sie die Kleinenberger Straße rauf. Wo der Wald endet, beginnt auf der rechten Seite ein freies Feld. Da gibt es einen Weg. Fahren Sie da hinein, bis in den Wald. Etwa dreißig Meter!"

Tüt, tüt, tüt.

Kommissar Brandt spult in seiner abgeklärten Art das einsetzende Prozedere gekonnt ab: „Hier Wache. Fürmont drei bitte kommen."

„Fürmont drei hört."

„Ich habe gerade einen Anruf erhalten. Fahren Sie die Kleinenberger Straße hoch bis hinter den Wald. Dann in den nächsten Feldweg. Zirka dreißig Meter im Wald soll irgendetwas sein."

Polizeioberkommissar, Enno Bloose, wendet das Fahrzeug. Enno und sein Kollege, Henk Helmes, folgen der Anweisung, erreichen kurze Zeit später den genannten Feldweg und fahren ihn bis zum Wald hinauf. Ruhig, besonnen und umsichtig verlassen die Beiden vom Einsatz- und Streifendienst, dem ESD, ihr Fahrzeug.

„Hier ist die Polizei. Ist da jemand?"

Alles ist ruhig. Nichts Auffälliges. Sie gehen in den Wald hinein.

„Henk, hier", sagt Enno angespannt zu seinem Kollegen.

„Scheiße, das fehlt auch noch." Henk nimmt sein Funkgerät und ruft das Kommissariat an: „Wache, bitte kommen. Hier Fürmont drei."

„Wache hört."

„Hallo, Arndt. Henk hier. Wir haben eine leblose Person gefunden. Weiblich. Ist vermutlich wohl schon einige Stunden tot. Mit Laub und Zweigen bedeckt. Drei sichtbare Einstiche. Bitte verständige die Kollegen vom KED und den Arzt. Wir sperren ab, sichern und warten hier".

„Habe verstanden. Die Kollegen haben schon Dienstschluss. Ich versuche sie auf dem Handy zu erreichen. Ich melde mich, wenn ich jemanden erreicht habe. Wenn ihr Verstärkung braucht, meldet euch. Ende."

Auf Mario Gethims Handy erscheint: WACHE Zentrale.

„Gethim. Hallo, Herr Brandt. Ich befürchte, ich habe mich vergeblich auf meinen Feierabend gefreut. Was gibt es denn?"

Brandt hat Kriminalhauptkommissar Gethim und einen weiteren Beamten des Kriminal- und Ermittlungsdienstes erreicht. Eine Dreiviertelstunde später treffen sie an der beschriebenen Stelle ein und übernehmen das Kommando.

„'Nabend. Irgendwelche Zeugen oder Auffälliges?",will KHK Gethim wissen.

Die zwei Kommissare vom ESD verneinen. Die Spurensicherung kommt wenige Minuten später. Sie fotografiert den Tatort, das Laub, die Zweige, die Hand der Frau. Die Spusi-Leute befreien danach die Tote von ihrer Bedeckung. Sie ist vollständig bekleidet. Ein Sexualverbrechen wird ausgeschlossen. Das massenhaft ausgetretene Blut auf ihrer Bluse ist bereits dunkelbraun.

„Was ist das denn? Der Täter hat das Opfer auf eine Kunststofffolie gelegt?", fragt sich Herr Gethim rhetorisch. Und weiter: „Was wollte der Täter? Er hat ihr offensichtlich nichts geraubt. Handtasche, Geldbörse, Papiere, alles da. Handy, habt ihr das Handy gefunden?"
„Wir haben noch nichts gesucht, weil wir Sie und die Spusi abwarten wollten. Sonst kriegen wir wieder einen Einlauf."

Die nähere Umgebung des Fundorts der Toten wird genau untersucht. Ein Beamter der Spurensicherung zeigt auf ein langes Messer: „Herr Gethim, das da könnte die Tatwaffe sein. Die drei Einstiche könnten von diesem Brotmesser stammen. Er hat wohl kräftig zugestoßen."

„Habt ihr ihr Handy gefunden?", fragt Gethim unbeherrscht die Beamten.

Alle schütteln verneinend den Kopf.

„Sucht weiter. Wir müssen das Handy haben."

„Und wenn sie keins hatte? Ich meine, nicht dabei hatte?"

„Unsinn. Suchen Sie weiter. Ich will das Handy haben."

Gethims Handy klingelt. Es ist das Kommissariat mit Herrn Brandt.

„Ja, Gethim, was gibt's?"

„Ich wollte Ihnen etwas Interessantes mitteilen: Das Handy, mit dem hier angerufen wurde, gehört einer Frau Sarah Bohnbrock aus Göttingen. Sie ist unter anderem als Prostituierte gemeldet. Als Call-girl. Sie nannte sich da Jeanette. Scheint eine Edelhure gewesen zu sein. Fuhr einen Mini und einen Porsche. Besaß eine Wohnung in Göttingen. Sie ist seit fünf Wochen zusätzlich in Bad Fürmont gemeldet. Und sie hat hier eine Boutique angemeldet, aber noch nicht eröffnet. In Fürmont ist sie als Prostituierte nicht gemeldet."

„Aja. Vielleicht eine Aussteigerin? Hin zum normalen Leben? Was sagten Sie? Anruf vom eigenen Handy? Wie pervers ist das denn? Erst bringt er die Frau brutal um. Und dann verständigt er die Polizei mit Ihrem eigenen Handy. Abscheulich, aber aus seiner Sicht einleuchtend", findet Kommissar Gethim.

Der Arzt trifft ein. Er nimmt seine Arbeit auf und meint nach kurzer Zeit: „Todesursache, wahrscheinlich zu großer Blutverlust durch innere Verletzungen."

„Können Sie den Todeszeitpunkt eingrenzen, Doktor?"

„Die Hautverfärbung, Leichenstarre. Ich schätze fünfzehn bis fünfundzwanzig Stunden, unter Vorbehalt. Ich vermute, dass Sie die Tote zur Rechtsmedizin bringen wollen."

„Ja, die Sache ist ja wohl ganz eindeutig Mord. Ich werde aber trotzdem mit Hannover telefonieren und fragen, ob der Doc eventuell hier vor Ort sich einen Überblick verschaffen will."

„Gut, dann werde ich jetzt die Todesbescheingung ausstellen. Für mich ist die Sache hier dann erledigt."

„Ist gut Doktor. Schicken Sie die Sachen bitte zu mir ins Kommissariat, nicht nach Hameln."

„Wird gemacht." Dabei tippt er sich zur Bestätigung mit dem Zeigefinger an die Schläfe und verlässt den jetzt abgesperrten Bereich.

„Hier ist Kriminalhauptkommissar Gethim aus Bad Fürmont. Ich möchte einen Gerichtsmediziner sprechen. Es geht um eine Tote bei uns", meldet er sich telefonisch bei der Medizinischen Hochschule in Hannover an.

Nachdem er dem Gerichtsmediziner von der MHH die Lage geschildert hat, sagt Gethim: „Dann bestelle ich den Bestatter. Ich vermute, dass er in drei bis vier Stunden bei Ihnen ist. Wann kann ich mit einem Ergebnis rechnen? Gut, dann warte ich morgen auf Ihren Anruf oder Ihre Mail."

Kriminalhauptkommissar Gethim widmet sich jetzt wieder den Ermittlungen vor Ort: „Immer noch kein Handy?"

„Lassen Sie doch einmal feststellen welche Handys zum Todeszeitpunkt in der Nähe des Handys des Opfers waren. Und wir brauchen die Handy-Wanderung der Toten," wendet er sich jetzt an seinen Kollegen vom KED, Kriminaloberkommissar Berghoff.

Auch nach etwa drei Stunden wurde noch kein Handy gefunden. Das Handy der Toten bleibt verschwunden. Die Kontakte können auf diese Weise somit nicht ermittelt werden. Die Ergebnisse der Fingerabdrücke und DNA-Tests bringen auch keine neuen Erkenntnisse. Die Kripo tappt im Dunkeln.

Am anderen Vormittag ruft der Gerichtsmediziner den KHK Gethim an und bestätigt seine ersten Vermutungen: „Drei Einstiche mit einem etwa zwanzig

Zentimeter langen Gegenstand, zum Beispiel einem Messer. Zwei Stiche in den Bauchraum. Ein Stich in die Brust. Die Rippen haben verhindert, dass das Herz getroffen wurde. Gestorben ist sie an ihren inneren Verletzungen. Sie ist ganz einfach verblutet. Sexuelle Handlungen sind ausgeschlossen. Außerdem ist der Fundort nicht der Tatort. Aber das haben Sie ja auch schon vermutet. Wir haben Spuren von imprägniertem Holz an ihrer Kleidung und in ihrem Blut und ihrer Lunge Spuren von Holzschutzmitteln gefunden. Das heißt, sie lebte noch zu dem Zeitpunkt, als sie mit dem Mittel in Berührung kam. Sie wird kurz vor ihrem Exitus betäubt worden sein. Ich habe nämlich Spuren von Isofluran gefunden. Der Täter muss es für sie überraschend gemacht haben, denn wir haben keine Kampfspuren entdeckt. Wohl aber Druckstellen und Schürfwunden an verschiedenen Stellen. Unter anderem gibt es an ihrem linken Oberarm Druckstellen. Ich vermute, dass es sich bei dem Täter um einen Linkshänder handelt. Er hat sie möglicherweise mit seiner Rechten an ihrem linken Arm festgehalten und sofort mit der Linken zugestochen. Der Einstichkanal passt genau in das Bild. Zeitpunkt des Todes: Vorgestern gegen dreiundzwanzig Uhr, plus minus anderthalb Stunden".

„Das erklärt die Kunststoff-Folie. Der Täter oder die Täterin hat das Opfer am Tatort in die Folie gepackt und in den Wald transportiert. Deshalb haben wir dort keine Blutspuren gefunden. Weder auf dem Feldweg, noch in dem Waldstück. Na klar. Die Tote ist in der Folie zum Fundort gebracht worden. Keine Kampfspuren sagen Sie? Holzschutzmittel? Heißt das, sie wurde in einer Tischlerei ermordet?"

„Das ist jetzt aber euer Job. Es gibt aber auch noch Baumärkte. Oder das Transportmittel hatte außer der Toten getränktes Holz geladen. Es könnte aber auch sein, dass der Transporter teilweise aus Holz bestand. Viel Spaß."

KHK Gethim veranlasst: „Feststellen welche Handys zum Todeszeitpunkt in der Nähe des Handys des Opfers waren. Und wir brauchen die Handy-Wanderung der Toten."

*****

BLONDINENMORD IN BAD FÜRMONT titelt eine überregionale Boulevard-Zeitung. Diese Zeilen liest auch Frank Gstellter. Normalerweise ist er kein Leser dieses Boulevardblattes. Aber heute muss er es kaufen. Er überfliegt den Text: *Blondes Call-Girl, Göttingen, Bad Fürmont*. Den eigenen Namen findet er nicht. Im Amt geht er der Sache nach.

„Der Beckmöller soll mal kommen", herrscht er in

seinem Normal-Befehls-Ton seine Sekretärin an.

„Kriminalhauptkommissar Beckmöller vom Einsatz- und Streifendienst aus der Polizeiinspektion?", vergewissert sie sich ungläubig, da der Polizeidirektor so gut wie nie mit den nachrangigen Dienststellen direkten Kontakt aufnimmt.

„Frau Herrmann, kennen Sie sonst noch einen Beckmöller?"

Frau Herrmann schüttelt irritiert ihren Kopf, und ehe sie antworten kann fährt Herr Gstellter sie an: „Na also, natürlich den vom ESD. Und was sollte ich wohl mit einem Beamten einer PI außerhalb unsere Direktion? Also, bitte".

Zwei Minuten später meldet sich die Sekretärin wieder: „Der Hauptkommissar ist unterwegs. Er kommt in etwa einer Stunde wieder und dann sofort zu Ihnen."

„Ist gut. Ich möchte in der nächsten halben Stunde nicht gestört werden."

„Jawohl, Herr Gstellter."

Gstellter setzt sich an seinen wuchtigen Schreibtisch und fährt den Laptop hoch. Er sucht nach: Tatort Bad Fürmont, Mordfälle, Zeitraum zwei Wochen.

Als PD der Polizeidirektion Göttingen kann sämtliche polizeidienstliche Daten im Bereich der PD Göttingen einsehen. Zu seinem Bereich gehört auch die Polizeiinspektion Hameln und damit auch das Polizeikommissariat Bad Fürmont. Und nach kurzer Zeit findet er den gesuchten Fall. Kein Zweifel. Die Ermordete ist Jeanette. Dass sie tot ist, berührt ihn kaum. Er wird sich ein neues, vielleicht sogar noch jüngeres Investitionsobjekt suchen.

Das ist gar nicht gut, denkt er und drückt die Vorzimmer-Ruftaste: „Frau Herrmann, fassen Sie noch mal nach, wo der Beckmöller bleibt".

Er lässt die Taste los. Die Verbindung ist beendet. Er steht auf und läuft wie ein Tiger in seinem Büro hin und her. Wieder Laptop. Er liest erneut den Polizeibericht durch. Von dem Notizbuch, das Jeanette angedeutet hat, steht nichts in dem Bericht. Der Kriminaldirektor schwitzt.

Wo ist das verflixte Buch? Ich muss es haben. Wenn es andere finden, ist es mit dem Posten im Ministerium vorbei. Vielleicht hat sie aber auch nur geblufft. Cool bleiben, mein Lieber, cool bleiben. Vielleicht weiß die Herrmann schon etwas mehr. Quatsch, woher soll die denn was wissen?

Von Coolness ist bei dem sonst so bedächtigen Direktor im Moment keine Rede mehr. Angst, pure

Angst. Nicht um seine Ehe. Nicht um seine Kinder. Nein. Um seine Karriere. Seine Karriere ist das Einzige, was ihn interessiert.

Das Telefon geht: „Ja, was gibt es?"

„Herr Beckmöller ist in gut zehn Minuten bei Ihnen", meldet sich die Sekretärin.

„Ja, danke."

Sarah Bohnbrock, alias Jeanette, hatte eine Wohnung in Göttingen und eine andere in Bad Fürmont. Das bedeutet: Beide Wohnungen liegen letztendlich im Zuständigkeitsbereich der PD Göttingen. Somit kann Frank Gstellter auf alle relevanten Einsatzplanungen, Daten, Berichte und so weiter zugreifen. Und noch besser, er muss keine Rechenschaft geben. Im Gegenteil: Wenn er will, kann er direkten Einfluss auf die Untersuchungen nehmen und steuern. Allerdings muss er dennoch vorsichtig sein, weil seine Aufgaben nichts mit einem Mord oder dem Tagesgeschäft ermittelnder Beamten zu tun hat.

Das Telefon läutet. Frau Herrmann ist dran.

„Ja, was ist denn?"

„Herr Beckmöller ist da. Soll er reinkommen?"

„Ja sicher. Oder soll ich etwas raus kommen? Schicken Sie ihn herein?"

Herr Beckmöller klopft an die schwere Bürotür und hört: „Herein".

Gstellter geht dem Hauptkommissar entgegen und bietet ihm einen Platz am Besuchertisch an.

„Herr Beckmöller", beginnt er, „ich habe Sie zu mir gebeten, weil es einen neuen Mordfall gibt. Die Sache ist ein wenig heikel, etwas delikat. Deshalb müssen wir behutsam vorgehen. In Bad Fürmont ist eine Frau ermordet worden. Sie hat in Göttingen und Bad Fürmont eine Wohnung gehabt. Sie war ein Call-Girl. Nun zählte sie auch bestimmte Herren aus der Göttinger Gesellschaft zu ihren Kunden. Nicht, dass wir uns falsch verstehen. Es soll nichts verschleiert werden. Aber ich möchte über alle Schritte und Ergebnisse informiert werden. Und es geht nichts ohne meine Zustimmung nach draußen. Mit dem Kommissariat in Fürmont und der Polizeiinspektion in Hameln nehme ich noch Kontakt auf. Und wenn Sie eine Wohnungsdurchsuchung vornehmen, will ich dabei sein. Und noch einmal keine Information an die Presse. Habe ich mich klar ausgedrückt?"

„Ja, ich habe verstanden. Soweit ich weiß, haben die Kollegen aus Bad Fürmont oder Hameln noch keinen Kontakt zu uns aufgenommen. Wann ist das denn passiert? Soll ich mich schon mal schlau machen oder warten bis die Kollegen sich bei uns melden?"

„Nein, warten Sie ab. Unternehmen Sie nichts. Das ist alles. Danke."

In den folgenden Stunden und Tagen finden mehrere Wohnungsdurchsuchungen in seinem Beisein statt. In der Göttinger Wohnung gibt es eine Vielzahl von Fingerabdrücken. Drei sind in Dateien gespeichert. Entsprechende Überprüfungen ergeben, dass die Besitzer dieser Fingerabdrücke alle hieb- und stichfeste Alibis haben. In der Fürmonter Wohnung gibt es lediglich Fingerabdrücke von Jeanette und weitere einer anderen Person, die aber nicht gespeichert ist. Das von Jeanette erwähnte und dem Kriminaldirektor herbei gewünschte Buch wird nicht gefunden.

Die beiden Dienststellen kommen nicht so recht voran. Hin und wieder schaltet sich Herr Gstellter in den Fall ein und lässt sich berichten. Dabei vergisst er nie, auf die erforderliche Diskretion im Hinblick auf die verschiedenen Honoratioren der Stadt hinzuweisen.

Einen Tag später bekommen die Dienststellen in Hameln und Bad Fürmont aus dem Landespolizeipräsidium in Hannover die Anweisung: >Aus gegebenem Anlass wird im Mordfall Jeanette mit sofortiger Wirkung das LKA beauftragt. Sämtliche diesen Fall betreffende Untersuchungsergebnisse und

Unterlagen sind dem Landespolizeipräsidium zur Verfügung zu stellen. Ein Fahrer des Landespolizeipräsidiums wird morgen die entsprechenden Unterlagen abholen. Alle diesbezüglichen Untersuchungen sind umgehend und bis auf Weiteres von Ihnen direkt und ausschließlich mit dem Polizeidirektor Gstellter abzustimmen<.

In Hameln und Bad Fürmont wird diese Anweisung von oben mit Verwunderung zur Kenntnis genommen. Wie immer, wenn ein Call-Girl ermordet und der Fall entzogen wird, denken manche an bekannte Fälle der Vergangenheit wie zum Beispiel den Fall Rosemarie Nitribitt. Die Frankfurterin hatte Kontakte zu Persönlichkeiten des öffentlichen Lebens. Der Mord an ihr wurde nie aufgeklärt. Es wurde auch nie bekannt, wer möglicherweise seine Hand im Spiel gehabt haben könnte. Gibt es auch in diesem Fall etwas zu vertuschen?

Kapitel 2

Achtzehn Uhr zweiunddreißig. Im Polizeikommissariat Bad Fürmont klingelt das Telefon. Eine Handy-Nummer.

„Polizeikommissariat Bad"…

„Fahren Sie zum alten Turm zwischen Park und Reha-Klinik."

Tüt, tüt, tüt.

Der Beamte veranlasst das Übliche. Handy-Eigentümer feststellen, Einsatz der Beamten zum genannten Turm.

Oberkommissar Enno Bloose und seine Kollegin Oberkommissarin Bettina Sullner fahren ohne Blaulicht zu dem Turm. Die alte verrostete Eingangstür können sie relativ leicht öffnen. Sie knarrt ein wenig. Enno leuchtet mit seiner Lampe in den kleinen Eingangsbereich.

„Oh, fuck." Er dreht sich zu Bettina um: „Ruf die Zentrale an. Ich sichere hier."

„Lass mal sehen." Sie will sich in den kleinen Raum zwängen, um sich ein Bild zu machen.

„Nein, nicht, das willst du nicht sehen."

„Hallo, ich bin kein Weichei."

Enno stellt sich ihr in den Weg.

„Lass es gut sein. Glaub mir. Du brauchst das nicht.

„Ich bin Polizistin und kein Weichei. Also, bitte."

Enno gibt Betty die Lampe verlässt den kleinen Raum und gibt Betty die Lampe. Sie beginnt bei den Füßen und leuchtet langsam höher. Ihr Atem wird schwerer. Sie greift die Lampe fester, als wolle sie sich daran festhalten. Der Lichtstrahl hat die Hüfte erreicht. Sie leuchtet noch einmal zurück. Der linke Fuß ist auf merkwürdige Art verdreht. Wieder zurück in Richtung Hüfte. Nichts, was sie besonders mitnimmt. Aber diese Stille, dieser modrige Geruch und die Dunkelheit in dem kleinen Raum des Turmes. Ein Schauder überkommt sie.

Dann plötzlich. Ein leiser Schrei. Sie will sich wehren und schlägt mit der Lampe zu.

„Was ist los?" hört sie Enno von draußen fragen.

„Nichts, alles in Ordnung."

Nie hätte sie gedacht, dass eine Spinnwebe ihr einen derartigen Schrecken einjagen könnte. Sie richtet den Lichtstrahl auf den eigentlichen Grund ihres Einsatzes und fährt langsam weiter hoch. *Rot, Blut,* denkt sie. Betty ist schlagartig wieder ganz cool. Das Licht geht weiter hoch, bis es an zwei weitere rote Stellen kommt.

Mensch, Enno. Und davon machst du ein solches Boohee. Das kann doch nicht alles gewesen sein," sind ihre Gedanken.

Sie lenkt den Strahl weiter hoch.

„Oh, nein. Das darf doch nicht wahr sein."

„Geht es dir gut?"

„Ja, alles in …"

Sie kann es nicht in sich halten und übergibt sich.

„Welches Schwein macht denn so etwas?"

Das Gesicht der Toten ist blutüberströmt, ein Auge blau geschlagen. Die Lippen sind durch harte Schläge geschwollen und aufgeplatzt. Der Unterkiefer hängt verschoben und wurde ebenfalls malträtiert. Und das Schlimmste. Betty wendet sich ab. Sie kann nicht mehr hinsehen. Aber ein innerer Drang zwingt sie, sich die Tote erneut anzusehen. Das Schrecklichste kommt. Sie blickt in die offenen, starren, schmerzversprühenden Augen der Ermordeten.

Eine halbe Stunde später trifft der Ermittlungsdienst ein.

„Moin, Enno. Was hast du denn heute Schönes für uns? Immer wenn ich zu den Roten nach Hannover will. Und ausgerechnet heute kommt Schalke."

„Eine Tote. In Plastikfolie, ähnlich wie vor einem Monat."

Kriminalhauptkommissar Gethim öffnet die Tür und sieht sich in dem Turm um.

Ein Gerichtsmediziner, der sich zufällig in Bad Fürmont aufhält und informiert wurde, trifft ein. Er sieht sich die Tote an und stellt dann fest: „Drei Stiche.

Einen in die Brust, zwei in den Bauchbereich. Hatten wir so etwas nicht schon vor vier fünf Wochen?"

„Ja, genau. Auf den ersten Blick sieht es ziemlich ähnlich aus. Auch hier alle Papiere da. Nur das Handy fehlt wieder. Ich habe das Gefühl, wenn wir *hier* weiterkommen, kämen wir auch in dem anderen Fall vorwärts. Aber der andere Fall ist für uns ja tabu. Mit Göttingen läuft alles sehr, sehr schleppend."

„Ich habe euch alles gegeben, was ich in der anderen Sache herausgefunden habe. Vielleicht bringt uns dies hier ja tatsächlich voran."

Die Tote wird zur MHH nach Hannover gebracht. Am anderen Morgen kommt die Bestätigung von der Gerichtsmedizin: „Hallo, Mario. Es ist wie wir bereits vermutet haben. Wieder drei Stiche. Einen ins Herz, zwei in den Bauch. Exitus durch Herzstillstand. Ursache ist der Stich ins Herz. Weiter: Spuren von imprägniertem Holz. Diese Tote wurde ebenfalls mit Isofluran betäubt. Druckstellen und Schürfwunden an verschiedenen Stellen. Außerdem haben wir mehrere Hämatome am Kopf gefunden. Wahrscheinlich durch Schläge. Sie muss sich heftig gewehrt haben. Wir haben deutliche Kampfspuren bei ihr entdeckt. Sexuelle Handlungen können wir aber ausschließen. Todeszeitpunkt vor etwa dreißig Stunden. Das ist das Wesentliche. Viel Erfolg."

Auch hier werden keine verwertbaren Spuren gefunden. Der Erfolg bleibt aus.

*****

In Göttingen durchforstet der Kriminaldirektor mit großer Aufmerksamkeit und Intensität seinen Computer nach weiteren Mordfällen im Zuständigkeitsbereich seines Amtes. Frank Gstellter kommt aber zu der Erkenntnis, dass keine ihn belastenden Ergebnisse vorliegen. Dennoch gibt er bei der Suche nach Jeanettes Buch nicht auf. Es könnte für ihn sehr gefährlich werden, wenn es in die aus seiner Sicht falschen Hände fiele. Es würde das Aus seiner Karriere bedeuten. Heute fährt er zum dritten Mal alleine in Jessicas Göttinger Wohnung, um das Notizbuch zu suchen. Nach anderthalb Stunden gibt er wieder einmal auf. Er verlässt die Wohnung und versiegelt sie wieder. In den nächsten Tagen will er sich noch einmal Jeanettes Bad Fürmonter Wohnung vornehmen. Das Buch muss doch zu finden sein.

Kapitel 3

Kriminalhauptkommissar Gethim sieht in seinen Diary. Es ist wieder einmal der Zwölfte. Die beiden Frauenmorde der letzten zwei Monate beunruhigen ihn. Seine Ermittlungen haben bisher keinen Erfolg gebracht. Manchmal glaubt er, dass seine Untersuchungsergebnisse bewusst zurückgehalten werden.

In diesen Momenten kommt ihm jedes Mal -neben anderen aus der Vergangenheit- auch der hundertfache Fall von Kindesmisshandlungen im Nachbarort in den Sinn. Das Versagen der Behörden, deren dilettantische Untersuchungen, ihre Schuldzuweisungen und das ans Kriminelle grenzende gezielte Vertuschen von Ergebnissen bis hin zum Zerstören und Beseitigen von Beweismaterial. Und ein moralisch totaler Ausfall in dieser Angelegenheit sind ein Landrat und die gewesen, die seinem Antrag auf Betriebsunfall zugestimmt haben.

Gethim holt sich noch einmal die Akten der beiden Morde vor, findet aber immer noch keinen Hinweis auf den Mörder.

Er nimmt sein Handy und ruft einen seiner Beamten im Kommissariat an: „Herr Aider, fragen Sie doch noch einmal wegen der DNA-Ergebnisse in den Fällen

Blondinenmord nach. Es kann doch nicht sein, dass die solange brauchen".

Der Tag verläuft normal, keine Besonderheiten. Kriminalhauptkommissar Gethim hat seine Aktentasche genommen und verlässt sein Büro.

Es ist achtzehn Uhr siebenunddreißig als er sich gerade am Empfangstresen in den Feierabend verabschieden will. Ein Telefon läutet. Er hat eine dunkle Ahnung. Ein Beamter nimmt das Gespräch entgegen. Er will Notizen machen. Doch der Anrufer hat das Gespräch schon beendet und Herr Gethim hört nur noch das Tüt, Tüt, Tüt.

„Blondinenmord Nummer drei?"

Der Beamte nickt.

„Ich fürchte ja. Wir sollen zum Schützenhaus fahren. Dahinter fänden wir etwas. Sonst wieder nichts."

„Hört das denn gar nicht auf? Wir sollten doch Unterstützung bekommen. Wo bleibt die denn, bitte schön? Und wo bleiben die Ergebnisse? Da blockiert doch schon wieder jemand. Also los, zum Schützenhaus."

Als er dort ankommt, sind Beamte des Streifendienstes schon dort und haben den Bereich abgesperrt.

„Lasst mich raten. Eine Frau, Mitte dreißig, blond. Drei Messerstiche. Auf einer Plastikfolie."

„Genau", antworten die beiden kurz und bündig.

Wie bei den anderen zwei Morden läuft der Apparat an. Und auch dieses Mal gibt es keine neuen Erkenntnisse. Der Mörder bleibt unerkannt. Und wieder fehlt nur das Handy der Getöteten.

Kapitel 4

„Der Intercity-Express von Amsterdam über Hannover nach Berlin, planmäßige Ankunft um neun Uhr siebzehn, hat voraussichtlich fünfzehn Minuten Verspätung", tönt es aus den Bahnsteiglautsprechern des Osnabrücker Hauptbahnhofs.

„Schon wieder. Nichts läuft in letzter Zeit wie geplant", stammelt Kathrin gequält und deprimiert hervor.

Abgespannt lässt sie sich auf ihren Trolley nieder. Die verschiedenen Kofferaufkleber und das hochwertige Reiseutensil weisen auf eine weit gereiste Person hin.

Ich hätte doch mit dem Auto fahren sollen. Wenn ich in Hannover durch die Verspätung den Anschlusszug verpasse, sehe ich alt aus, denkt sie und befürchtet Schlimmes.

Sie spürt den ihr bekannten, unangenehmen, inneren Druck aufsteigen und umspannt den Trolly mit festem Griff. Ihre Gel-Fingernägel bohren sich leicht in ihre Innenhand. Kathrin erkennt in diesem Moment, warum ihr Arzt gesagt hat: „Nein, Sie dürfen auf keinen Fall diese Strecke mit dem Auto fahren! Nehmen Sie die Bahn!"

Auch im Amt waren fast alle, die ihren Zustand kannten, dieser Meinung. Jetzt ist sie froh, nachgegeben zu haben.

Wie aus weiter Ferne vernimmt sie die unzufriedenen Äußerungen mancher Reisenden, die von dieser Verspätung betroffen sind.

Erschrocken fährt sie zusammen, als ein etwas heruntergekommener Typ plötzlich vor ihr steht und sie fragt: „Kann ich Ihnen helfen? Geht es Ihnen nicht gut?"

Mein Gott, sieht man mir das an?, schießt es ihr durch den Kopf.

„Nein, nein, vielen Dank. Es ist alles in Ordnung", lügt sie den Hilfsbereiten an.

Sie umklammert vorsichtshalber fester die Handtasche und den Koffergriff. Im selben Augenblick stellt Kathrin fest, dass dieser Typ der einzige Mensch ist, der ihre Not wahrnimmt und ihr helfen will. Sie schämt sich für ihre Gedanken und wiederholt jetzt mit einem freundlichen Blick: „Nein, vielen Dank. Es geht mir schon wieder besser. Vielen Dank, mein Herr."

Mein Herr klingt nicht ironisch. Kathrin hat nicht das Äußere dieses Mannes gesehen, sondern ausschließlich seine ohne eigenen Vorteil angebotene

Hilfsbereitschaft. So fasst der Mann es anscheinend auch auf, denn er verbeugt sich kaum merklich und meint mit beruhigender Stimme: „Gerne. Dann wünsche ich Ihnen noch eine gute Reise."

Kathrin nickt mit einem freundlichen Lächeln, und der Mann taucht in der Menge des Bahnsteigs unter. Nach einigen Minuten kündigt der Lautsprecher das Einfahren des ICE in den Bahnhof an.

Kathrin begibt sich in das Abteil der ersten Klasse, verstaut ihr Gepäck, nimmt Platz und holt das Schreiben mit dem Befund ihres Arztes aus der Handtasche. Ungläubig liest sie ihn zum X-ten Male durch, starrt aus dem Fenster ins Leere und beginnt erneut zu lesen. Ein leichter Ruck, der Zug fährt an. Kathrin steckt den Befund wieder zurück und holt eine Broschüre der Kurklinik heraus. Oberflächlich blättert sie Seite für Seite. *Ich bin doch nicht verrückt. War doch nur ein Zusammenbruch. Überarbeitung. Und die Hand? Das wird bestimmt wieder. Und wenn nicht? Was dann?*

„Sehr geehrte Fahrgäste: In wenigen Minuten erreichen wir Hannover Hauptbahnhof. Ausstieg rechts. Sie haben Umsteigemöglichkeiten nach Hamburg, Paderborn…", meldet der Bordlautsprecher.

*****

„Wann kommst du wieder?", will Lukas von Daniel wissen.

„Ich weiß es nicht, mein Großer. Da müssen wir auch erst einmal deine Mutter fragen."

„Nee, müssen wir nicht. Die freut sich sowieso."

Daniel legt seinen Kopf leicht zur Seite und sieht Jessica fragend an.

„Du kannst auf dem Rückweg gerne für ein paar Tage wieder bei uns bleiben. Das weißt du doch. In München wartet doch niemand auf dich, oder."

Die Worte klingen in ihm nach, als er seinen Bully auf die Autobahn lenkt. Er denkt an die letzten Tage mit Jessica und Lukas. Alles war sehr entspannt. Das Toben mit Lukas im Luisenpark, das entspannte Verweilen am Wasserturm, die Ausflüge in die nahe Pfalz oder in den Odenwald. Alles war harmonisch. Sicher, im Prinzip konnte er so etwas in München auch haben, Biergärten, Englischer Garten und so weiter. Aber seit seiner Scheidung lebt er dort allein.

Daniel ist Mitte vierzig. Er besitzt ein ansprechendes, gepflegtes Äußeres. Immer, wenn er von München in den Norden fährt, versucht er seinen Weg über Mannheim zu lenken, um Jessica und Lukas zu besuchen. Im letzten Vierteljahr hat er sie jeden Monat einmal gesehen.

Und so führt Daniel seinen Weg auch dieses Mal wieder über Mannheim nach Hameln. Am frühen Nachmittag erreicht er das Parkhaus an der Weser. Er sucht einen Stellplatz mit bestimmten Eigenschaften. Daniel will sein Auto mit dem stark verdunkelten Rückfenster und den von außen ebenso fast undurchsichtigen Seitenscheiben so parken, dass es kaum auffällt und von Menschen nicht ohne Weiteres eingesehen werden kann.

Die letzten drei Male hatte er derartige Stellplätze in verschiedenen Parkhäusern erwischt. Sie waren für Daniels Zwecke optimal gelegen.

Und nach kurzem Suchen findet er auch in diesem Parkhaus einen für sein Vorhaben geeigneten Platz. Das Parkhaus ist vierundzwanzig Stunden geöffnet, sehr gut. Nachdem er eingeparkt hat, legt er die dunkle Decke ordentlich über die beiden nebeneinander liegenden geschlossenen Kisten. Sie sind fast zwei Meter lang, vierzig Zentimeter hoch und fünfzig Zentimeter breit. Das Klapp-Pedelec steht noch wie bei der Abfahrt fest hinter den Vordersitzen. Wie die Stellplätze seines Wagens, hat er auch seine

Unterkünfte für die letzten drei Besuche gewechselt. Im nahegelegenen Hotel checkt er ein.

„Guten Tag, ich möchte gerne ein Einzelzimmer."

„Sehr gerne. Haben Sie reserviert, mein Herr?"

„Nein. Ich habe im Netz gesehen, dass Sie noch Zimmer haben. Und wenn möglich, bitte nicht so nah am Lift."

„Ja, das geht. Ich habe da ein sehr schönes, ruhiges Zimmer für Sie. Weit weg vom Lift. Es liegt direkt an der Treppe. Sie ist auch gleichzeitig ein Fluchtweg. Für wie viele Nächte darf ich für Sie das Zimmer buchen?"

„Sehr schön. Zwei Übernachtungen, ohne Frühstück, bitte. Kann ich eventuell für ein oder zwei weitere Tage verlängern?"

„Das dürfte kein Problem sein."

Die Formalitäten werden erledigt. Anschließend bringt Daniel seinen Trolley aufs Zimmer. Nachdem er sich frisch gemacht und umgekleidet hat, inspiziert er unauffällig die räumlichen Gegebenheiten des Hotels. Zunächst Feuermelder, dann Fluchtwege und danach verschiedene Wege zum Parkhaus. Wie die letzten drei Male geht er zum Bahnhof. Wie die letzten drei Male will er wiederum mit dem Zug von Hameln zum Bahnhof nach Bad Fürmont fahren.

*****

Kathrins anfängliche Befürchtung, den Anschlusszug zu verpassen, bestätigt sich nicht. Sie erreicht problemlos den Zug über Hameln nach Bad Fürmont. Vier
Minuten später geht es weiter.

„Nächster Halt: Hameln."

Nach kurzem Aufenthalt beginnt der Rest Ihrer Reise. Noch einmal holt sie den Befund hervor. Sie schüttelt wieder ungläubig den Kopf.

„Ist hier noch ein Platz frei?", fragt Daniel freundlich.

„Ja, bitte sehr", bestätigt Kathrin nett.

Sie merkt, wie ihr die Röte ins Gesicht steigt und bemüht sich, die Broschüre möglichst unauffällig zurückzustecken.

Wenige Minuten später wendet er sich an Kathrin: "Darf ich mich Ihnen vorstellen? Ich bin Markus Koch. Ich gehe davon aus, dass Sie auch mindestens bis Bad Fürmont fahren. Ich wollte mir einen Kaffee holen. Darf ich Sie zu einem Kaffee oder etwas anderem einladen?"

„Oh ja, gerne einen Kaffee, schwarz. Das ist sehr nett, vielen Dank. Aber ich möchte ihn selbst bezahlen."

Fünf Minuten später reicht Herr Koch Kathrin den Kaffee, schwarz.

„Vielen Dank, Herr Koch. Entschuldigen Sie bitte. Ich habe mich noch gar nicht vorgestellt. Ich heiße Bäcker."

Er lacht und sagt in einer netten und nicht anzüglichen Art: „Das ist ja eine hervorragende Konstellation. Bäcker und Koch. Was will man mehr für Leib und Seele? Lassen Sie sich den Kaffee schmecken."

„Vielen Dank. Was bin ich Ihnen für den Kaffee schuldig?"

Markus Koch wiegelt ab. „Wenn er Ihnen schmeckt, ist alles in Ordnung. Fahren Sie auch nach Bad Fürmont? Es soll ja ein nettes Städtchen sein. Ich bin zum ersten Mal da", lügt er Kathrin ohne Not an.

„Ja, was man so in Prospekten und dem Internet sieht, muss es wohl ganz nett sein."

„Ach, Sie sind keine Fürmonterin?"

„Nein, ich bin hier, weil ich,… ach, nicht so wichtig. Und Sie? Sie besuchen Jemanden?"

„Wie kommen Sie darauf", fragt Daniel überrascht.

„Na, ganz ohne Gepäck werden Sie ja wohl kaum einen längeren Aufenthalt vorhaben", lacht sie ihn freundlich an.

„Ja, da haben Sie recht. An Ihnen ist ja eine Spionin verloren gegangen. Ihnen entgeht aber auch wohl gar nichts, oder?"

Sie sieht ihn freundlich forschend an, antwortet aber nicht.

Der Bordlautsprecher kündigt das Einfahren in den Fürmonter Bahnhof an.

„Oh, das ging aber schnell. Wir sind sofort in Bad Fürmont. Bleiben Sie länger?"

„Ich weiß es noch nicht. Das hängt ganz von den Umständen ab. Und Sie?", möchte Herr Koch wissen.

Sie legt ihren Kopf auf die Seite und lächelt freundlich:

„Ich habe zunächst fünf bis sechs Wochen eingeplant."

Sie verlassen zusammen den Zug, gehen durch den Bahnhofstunnel und kommen auf den Bahnhofsvorplatz.

„Müssen Sie auch in die Stadt?"

„Ja," antwortet Herr Koch kurz.

„Wenn Sie wollen, nehme ich Sie im Taxi mit."

„Das ist sehr nett. Aber ich werde abgeholt. Vielen Dank."

„Ach ja, Ihr Bekannter holt Sie bestimmt ab."

„Genau. Er wird gleich kommen. Ich wünsche Ihnen einen guten Aufenthalt und viel Erfolg. Vielleicht sehen

wir uns ja wieder. Sie wissen ja, Bäcker und Koch",
verabschiedet sich Herr Koch.

Warum hat Daniel sich nicht mit seinem richtigen
Namen vorgestellt?

Kathrin nimmt sich ein Taxi zur Klinik. Bis zur
Vorstellung des Hauses und deren Gepflogenheiten
hat sie noch etwas Zeit. Sie besucht die Außenanlage.
Sie grenzt an Gärten anderer Häuser. Fehlende Zäune
vermitteln den Eindruck eines einzigen großen
Anwesens. Lediglich die verschiedenen Farben der
Liegestühle, Strandkörbe und so weiter weisen auf die
entsprechenden Häuser hin.

Nach einiger Zeit kehrt Kathrin ins Haus zurück. Im
Speisesaal zeigt eine Tafel die Tischanordnung mit den
Namen der Patienten. Auf ihrem Sechser-Tisch findet
sie Platzkärtchen mit Namen. Schnell hat sie ihren
Platz gefunden. Sie nickt zur Begrüßung freundlich
aber zurückhaltend in die Runde.

Kathrin gegenüber sitzt eine etwa dreißig-Jährige.
Sie meldet sich zu Worte: „Wir haben Sie vorhin im
Garten schon gesehen Sie sind heute angekommen?
Ach was wir sind hier alle per du Ich bin die Astrid und
der graue Mann neben dir ist Alex Vor dem musst du
dich in acht nehmen Der ist ein ganz Schlimmer

Übrigens nach dem Abendessen gehen wir noch in den Ort Du kommst doch bestimmt mit oder? Es ist heute wieder was los Weinfest startet heute Wie heißt du eigentlich? Sag doch auch mal was."

„Ja. Und ich bin heute angekommen und heiße Bäcker, also Kathrin Bäcker."

„Na siehste geht doch Also Kathrin wir zeigen dir heute erst einmal das Wichtigste in Bad Fürmont und…"

„Haaallo, Astrid, nu halt doch mal stille. Lass die Kathrin doch erst einmal in Ruhe ankommen", unterbricht der Grauhaarige die Tirade mit einem freundlichen Blick zu Kathrin.

Alle stellen sich ihr nacheinander vor. Berufe, Alter und Wohnorte werden genannt. Aber über Krankheiten spricht keiner. Jeder weiß, warum der andere hier ist, auch wenn man niemandem die Krankheit ansieht.

Ohne Vorankündigung springt Astrid auf. Der Stuhl fällt polternd nach hinten. Sie verschwindet in großer Eile. Kathrin bleibt der Mund offen. Ihre Tischnachbarn essen wortlos in Ruhe weiter. Nur der Grauhaarige beruhigt: „Das ist nicht weiter schlimm. Wahrscheinlich hat sie sich wieder aufgeregt. Vielleicht weil ich ihr über den Mund gefahren bin. Die kommt gleich wieder. Alles halb so wild. Wir haben hier ganz andere Fälle."

Kathrin kennt das Gefühl sehr gut. Sie hat es heute im Bahnhof selbst erlebt. Und das nicht zum ersten Mal. Nicht umsonst hat der Arzt gesagt: „Fahren Sie mit der Bahn."

Astrid kommt zurück, als das Abendessen fast vorbei ist.

„Entschuldigt bitte. Aber es war plötzlich sehr dringend. Für mich ist heute Schicht. Ich muss mich ausruhen. Geht ihr man ruhig allein in die Stadt."

Kathrin erhebt sich und geht auf Astrid zu. Beide tuscheln. Zum Schluss umarmen sich die bis dahin fremden Frauen. Astrid entfernt sich von dem Tisch mit einem „Tschüss, schönen Abend noch."

*****

Kathrin ist in das Taxi eingestiegen. Die Verkehrsampel zeigt rot. Das Taxi muss warten. Direkt hinter dem Taxi wartet ein Stadtbus ebenfalls darauf, dass die Ampel auf grün springt. Kathrin und Daniel, der vermeintliche Markus Koch, werfen sich noch einen Blick zu und winken sich noch einmal freundlich zu. Die Ampel ist grün geworden. Taxi und Bus fahren los.

Kathrin denkt: *Schade, ich hätte ihn ganz gerne mitgenommen. Aber wenn er abgeholt wird.*

Daniel wartet. Nach zehn Minuten kommt der nächste Bus, der in die Stadt fährt. Daniel nimmt ihn. Warum ist er nicht mit Kathrin gefahren? Warum hat er sie im Glauben gelassen, er werde abgeholt? In Bus und Bahn ist der Reisende in jedem Fall anonymer als im Taxi. Will er anonym bleiben? Wenn ja, warum? Teilnahmslos sieht er während der kurzen Busfahrt aus dem Fenster.

Am Postamt steigt er aus. Alles ist ihm durch die verschiedenen Besuche vertraut. Hin und wieder lacht ihn jemand unverbindlich an. Der Parkplatz neben dem Postamt ist unverändert. Er geht den Postweg hinauf. Nach dreihundert Metern erreicht er die Fußgängerzone. Blick nach links, Blick nach rechts. Auf den ersten Blick keine wesentlichen Änderungen. Er biegt links zum Hylligen Born ein.

„Manni, ich wusste gar nicht, dass du noch hier wohnst. Klasse, dass ich dich treffe. Ich habe heute frei. Wir können doch zusammen…"

„Nee, du, lass mal. Ich hab keine Zeit. Ich muss noch was erledigen", antwortet Daniel.

„Waaas, was erledigen? Du? Hast wohl wieder so'n komischen Termin oder date oder wie das heute heißt! Manchmal biste ganz schön bekloppt. Und tust so, wie wenn de was Besseres wärst. Aus dir wird man die letzte Zeit auch nicht schlau. Gestern normal, heute behämmert, morgen wieder normal. Was soll das?"

„Ich hab doch gesagt, dass ich noch etwas erledigen muss. Also bitte."

Daniel lässt den Mann stehen und verschwindet in der Rathausstraße. Er vergewissert sich, dass er nicht verfolgt wird und geht dann die Brunnenstraße hinunter.

In einem der Cafès trinkt er einen Kaffee. Danach beschließt er, seine Inspektionen für heute zu beenden. Er geht durch die Emmerauen zum Luchter Bahnhof. Von hier nimmt er den Zug zurück nach Hameln. Warum dieser Umweg?

Er erreicht das Hotel. Im Hotelzimmer sucht er Bart und Sonnenbrille. *Ganz ruhig bleiben. Ich habe Beides mitgenommen*, flüstert er leise vor sich hin. Aber im gesamten Zimmer sind die Sachen nicht zu finden. Er geht zur Tiefgarage. Die Beleuchtung ist in dieser älteren Garage ziemlich spärlich. Er sucht sein Auto und stellt fest, dass es sehr günstig steht und schnell zu übersehen ist. Keine Überwachungskameras hier hinten in der Ecke. Sehr gut. Daniel sucht vorsichtig mit den Augen die Umgebung ab. Niemand zu sehen. Er öffnet die große Heckklappe. Sie schwenkt nach oben. Hierdurch versperrt sie allen eventuell von oben kommenden Blicken die Sicht. Optimal. Erneuter Blick über die Schulter. Niemand da. Er zieht die Decke zur Seite und öffnet die freie Kiste. Mehrere Brotmesser in Originalverpackung werden in der diffusen Innenbeleuchtung sichtbar. Außerdem Handschuhe, mehrere Paar Gummistiefel, verschieden farbige Haartoupets, Handschuhe, Glasschneider, Autokennzeichen und die gesuchten Bärte und Sonnenbrillen in verschiedenen Ausführungen. *Wusst ich`s doch.* Er nimmt einen rötlichen Vollbart und eine Sonnenbrille mit dickem Rand aus der Kiste. Der vermeintliche Manni deckt die Kiste dann wieder zu und hebt den Deckel der anderen leicht an. Nur ein kleines Fläschchen, ein Beutel Watte, Klebebänder, zwei Kissen und einige Kabelbinder. Sonst nichts. Die Decke legt er wieder exakt über beide Kisten. Den Weg zur Parkhauskasse und Ausfahrt geht er bewusst zu Fuß. Jedes Detail könnte wichtig werden. Deshalb prägt er sich auch den Weg von der Tiefgarage zum Hotel genau ein. Hin und wieder spricht er Notizen in sein Handy.

Daniel ist jetzt wieder in seinem Hotelzimmer. Er tippt die Mannheimer Nummer in das Handy ein: „Na, Großer, wie geht's? Alles easy? Super. Ist Mama auch da?... Fein und Tschüss. Hallo, Jessy, ich wollte mich nur kurz melden und dir sagen, dass ich gut in Solingen angekommen bin… In Ordnung. Ja, gerne. Aber ich weiß noch nicht, wann ich zurückfahre. Es wird dieses Mal etwas größer und komplizierter als sonst… Fein, und grüß Lukas noch mal."

Er beendet das Gespräch, lädt das Handy auf und lässt seine Notizen des Tages noch einmal ablaufen. Dazu sieht er sich einige Fotos und Handy-Videos von heute an. Im Bett laufen die heutigen Eindrücke erneut und noch intensiver vor seinem geistigen Auge ab. Je mehr er sich heute einprägt, umso einfacher wird die Sache schließlich werden. *Dieser blöde Kerl. Dass der mich erkannt und angequakt hat. Mist. Ich kann's nicht mehr ändern. Ich ziehe es durch, und basta.*

*****

Daniel hat nicht besonders gut geschlafen. In der Nacht hat er mehrmals sein Vorhaben im Geiste durchgespielt. Er steht auf, macht sich fertig und geht ins Parkhaus.

Aus dem Auto holt er sein Klapprad, fährt damit zunächst zum Bahnhof Hameln und dann mit dem Zug weiter nach Fürmont. Der Zug erreicht Bad Fürmont. Daniel fährt mit seinem Klapp-Pedelec die Bahnhofstraße hinunter und biegt links in einen Weg. Ein paar Häuser stehen hier. Alles keine Wohnhäuser. Nur gewerblich genutzte. Sehr gut. Abends also verlassen, und niemand würde ihn hier beobachten. Spaziergänger? Im Dunkeln wohl kaum. Fluchtweg? Drei Richtungen. Sehr gut. Er fährt den Fuß- und Radweg weiter. Links liegt der Wohnmobilhafen. Zu viel Betrieb, ungeeignet.

Dem Hafen gegenüber ein offener Parkplatz. Nach vorn durch ein Autohaus geschützt. Nach hinten bietet eine Hecke Sichtschutz zu den Wohnmobilen. Links ein kleiner Zoo. Rechts, Rückseite des Tennisvereins. Der Vorteil: Lastwagen und Busse warten hier auf Reparaturen. Zwischen ihnen wäre er gut abgeschirmt. Beleuchtung? Nichts zu sehen, optimal. Nachteil, die Wohnmobilisten. Sie müssen über den Parkplatz, wenn sie in die Stadt wollen. Also ungeeignet.

Weiter zum großen Parkplatz. Zu offen. Vollkommen ungeeignet.

Wenn ich hier mit dem Wagen ankomme und die Kiste ausräume... Vielleicht wäre es besser, sie ohne Kiste in den Bully zu legen. Ich könnte sie besser rausholen und ablegen. Nee, der Geruch. Und das Blut läuft mir in den Wagen, überlegt Daniel für einen Moment.

Sein nächstes Ziel ist eine verlassene Klinik auf einem der Berge. Deshalb ist er froh, sein Klapprad mit Elektrounterstützung dabei zu haben. Er nimmt nicht den direkten Weg, sondern fährt an den Kurkliniken vorbei. In den Gartenanlagen der Häuser sieht er erst wenige Objekte, blond, Mitte dreißig, ortsfremd. Wie ein Gepard sich seine Beute aussucht und dann zuschlägt, beobachtet Daniel die Patientinnen.

Nein, noch nicht. Später. Erst ein Versteck finden, mahnt er sich, den Plan einzuhalten.

Vor ihm liegt sie nun. Traurig, verlassen, gruselig. Eingeschlagene Fensterscheiben, notdürftig mit Holz verrammelte Türen, aus offenen Balkontüren wehende Gardinen. Früher war es ein Ort für Kranke. Heute ein Ort des Grauens und selbsternannte Geisterjäger. Ist dies der ideale Ort für Daniel? Er überdenkt seine Check-Liste:

Passanten? Eine asphaltierte kleine Straße führt zu einem Lokal auf dem Berg. Aber kaum Verkehr. Spaziergänger, ja. Aber nicht im Dunkeln. Keine Beleuchtung und Überwachungskameras. Parkplatz liegt ebenfalls im Dunkeln. Sehr gut. Fluchtweg mit dem Wagen, nur eine Richtung. Zu Fuß genug. Bevor jemand etwas merkt, bin ich schon wieder weg.

Die Gruselklinik ist von wildwachsendem Gestrüpp und Gebüsch nur schwer und nur mit Ekel zugänglich. Daniel versteckt das Rad hier im Gebüsch. Er ist ein kultivierter Mensch. Und deshalb ekeln ihn diese Büsche an. Taschentücher mit und ohne Kot. Leere Flaschen, daneben Erbrochenes, verschmutzte Unterhosen. Und fast wäre er in eine vor Maden und Würmern wimmelnde Katze getreten.

Hinter der Klinik findet er nach kurzem Suchen eine ebenfalls mit Holz verrammelte kleine unscheinbare Tür. Sie scheint unverschlossen. Er sieht sich um. Niemand zu sehen. Das Schild LEBENSGEFAHR! BETRETEN VERBOTEN! ignoriert er. Er zieht an dem verrosteten Griff. Nichts. Noch einmal. Wieder nichts. Daniel tritt näher heran und hebt die Tür leicht an. Sie gibt nach. Vorsichtig öffnet er sie. Die Tür knirscht auf dem Untergrund. Feuchte, modrige Grabesluft schlägt ihm entgegen. Durch den schmalen Spalt zwängt er sich hinein und zieht die Tür hinter sich wieder heran. Einen Augenblick verharrt er. Nichts. Alles still. Stockdunkel hier im Untergeschoss. Sein Auge hat sich noch nicht an die Dunkelheit gewöhnt. Und der Geruch ist ungewohnt. Es riecht nach Verwesendem. Was ist das an seinem Ohr? Reflexartig tritt er zur Seite. Der rechte Fuß tritt in etwas Weiches. Daniel traut sich nicht, den linken nachzuziehen. Erneute

Luftbewegung. Und jetzt nimmt er auch noch ihm unbekannte Geräusche wahr. Nicht laut, aber immer mehr. Und ganz dicht. Er weiß nicht, ob er allein in dieser Ruine ist. Ein leichter Schauder überfällt ihn.

Ich muss was sehen, denkt er. Völlig untypisch für Daniel beginnt er, leise zu sich selbst zu reden: *Ich muss was sehen. Ich brauche Licht. Hallo, ist da jemand? Warum antwortest du nicht? Keine Angst, ich bin nicht von der Polizei. Also, wer ist da? Na gut, dann eben anders.*

Er steht immer noch unbeweglich in dieser weichen Masse. Langsam und leise zieht er mit der einen Hand ein Messer und mit der anderen seine kleine Taschenlampe aus den Jackentaschen. Fledermäuse. Erleichtert atmet er auf. Jetzt richtet er den Lichtstrahl nach unten. Ihm wird speiübel. Er steht in einer verwesenden Ratte. Leichtes Quieken erweckt jetzt seine Aufmerksamkeit. Er schwenkt die Taschenlampe. Eine Ratte. Widerlich. Aber wo eine ist, sind auch mehrere. Er verfolgt mit dem Schein der Taschenlampe die Ratte. Sie verschwindet durch ein kleines Loch einer Tür. Daniel setzt vorsichtig einen Fuß vor den anderen. Noch spürt er die ekelerregenden Teile der toten Ratte an seinen Schuhen. Vorsichtig zieht er die Tür auf. Der Raum dahinter ist heller und mit leeren Kanistern vollgestellt.

Aus ihnen kommt beißender Geruch. Am Ende des Raumes befindet sich eine Treppe. Daniel steigt sie vorsichtig und leise hinauf. Sie endet im Erdgeschoss der ehemaligen Klinik. Gerätschaften, Möbel, herunterhängende Gardinen und vollkommen verdreckte und undurchsichtige Fenster gestalten diesen Raum aus besseren Zeiten. Dazu alles verstaubt und mit Spinnweben bedeckt. Daniel erkundet Stockwerk für Stockwerk. Manche Räume mit leeren verschmutzten Betten und offenen Schränken lassen in ihm verschiedene Fantasien aufkommen. Er ist in eine andere Welt eingetaucht. Der Blick auf die Uhr. Schon über eine Stunde hier.

Ausgang? Ich muss einen vernünftigen Ausgang finden. Den brauche ich zum Reintragen, sind seine Gedanken.

Bald hat er einen entdeckt. An den Gestank hier hat er sich mittlerweile gewöhnt. Und die Ratten gehen auch ihrer Wege. Durch eine gebrochene Fensterscheibe kann er ein wenig nach draußen sehen. Niemand da. Er drückt gegen die Tür. Sie ist unverschlossen. Er ist wieder draußen, aber innerhalb eines Zaunes. Sein Blick fällt auf seine Schuhe. Innereien haften ekelig an ihnen. Im hohen Gras versucht er die Maden und Würme abzuwischen. Daniel übergibt sich. Nein, das ist nicht der richtige Ort. *Was mache ich, wenn ich beim Ausladen oder Verstecken erneut kotzen muss? Außerdem müsste ich noch einmal hierher und sie wieder herausholen. Und dann mit dem ganzen Dreck ins Auto. Nee, auf keinen Fall*, sind seine Erklärungen.

Er holt sein Klapprad aus dem Versteck und fährt durch den Bergkurpark hinunter. Auf halber Strecke holt er ein paar Taschentücher und putzt noch einmal seine Schuhe notdürftig. Das feuchte Gras tut weitere gute Dienste. Er hofft, dass keine Maden in seine Schuhe oder das Bein hochgekrochen sind. Er ekelt sich noch immer.

Daniel beschließt, seinen Plan wie beim zweiten Mal durchzuführen. Er fährt noch einmal an die Stelle. Alles wie gewesen. Die Büsche sind noch etwas gewachsen, gut.

Im nahen Supermarkt holt er etwas zu essen und zu trinken. Danach fährt er wieder in die Stadt. Zu Fuß inspiziert er die Brunnenstraße. Sie ist gut besucht. Sein Augenmerk gilt vor allem blonden auswärtigen Frauen, dreißig bis vierzig Jahre alt. Außerdem prüft er, ob die baulichen Gegebenheiten nicht verändert wurden.

Im Außenbereich eines Cafès nimmt er Platz. Bewusst wählt er einen bestimmten Tisch. Am

Nebentisch fragt er eine Blonde: „Entschuldigen Sie bitte, ist der Mohnkuchen hier zu empfehlen?"

„Das kann ich Ihnen nicht sagen. Ich bin das erste Mal hier."

„Ach, sind Sie keine Einheimische? Dann habe ich ja die Falsche angesprochen. Nein, also…, so habe ich das nicht gemeint. Ich meinte…, es wäre…, tut mir leid", lächelt Daniel, Verlegenheit vortäuschend.

„Nein, ist schon gut. Ich komme aus Hildesheim."

„Oh, Hildesheim. So ein Zufall. Ich habe da des Öfteren zu tun. Zuhause bin ich in Passau. Hildesheim gefällt mir ganz gut. Und Sie machen Urlaub hier?"

„Schön wär's. Ich bin hier zur Kur. Seit vorgestern."

„Ich hoffe, nichts Schlimmes."

„Nein, das wird schon alles wieder. Übrigens, hier ist Selbstbedienung. Sie müssen sich selbst rausholen."

Sie weist auf das Schild an einem der Fenster.

Daniel hat das Helfersyndrom bei der Unbekannten durch sein Warten geweckt.

„Oh, vielen Dank."

Das könnte was werden. Die passt. Und jetzt nichts zu schnell machen. Schön langsam. Es darf nichts schief gehen, denkt er, während er sich Kaffee und Mohnkuchen am Tresen bestellt.

Ohne weiteres Gespräch verzehren beide ihren Kaffee und Kuchen. Daniel ist fertig und verabschiedet sich freundlich und erwartungsvoll: „Viel Erfolg bei der Reha. Vielleicht sieht man sich ja mal wieder."

„Ja, das kann gut sein. Ihnen auch." Lächelnd nickt sie ihm vielsagend zu.

Daniel verschwindet in einer nahen Quergasse. Er bleibt stehen und dreht sich um. Von hier will er sehen, welchen Weg seine Tischnachbarin einschlägt. Sie nimmt dieselbe Richtung. Daniel überholt sie auf der anderen Straßenseite. Er geht schnell. Jetzt ist er genügend weit vor ihr und wechselt wieder auf ihre Straßenseite zurück. Er wird langsamer.

„Hallo, unverhofft kommt oft. So schnell sieht man sich wieder", spricht die Tischnachbarin Daniel beim Überholen an."

Er tut überrascht. „Na, so'n Zufall. Wie schön. Ich muss zum Brunnen hoch. Darf ich Sie ein Stück begleiten?"

„Ja, gern."

Nach einer kurzen schweigsamen Pause fragt sie Daniel: „Vielleicht können Sie mir einen Tipp geben, wohin man abends gehen kann."

Sie wird's.

Locker und langsam schlendern sie die Fußgängerzone hinauf. Daniel gelingt es, sich mit ihr für den Abend zu verabreden.

In einer kleinen Bar verbringen sie den Abend. Hin und wieder wird er seltsam angesehen. Jedes Mal nickt Daniel dann freundlich grüßend zurück.

„Ich muss gehen. Die schließen bald", bedauert seine Tischnachbarin aus der Brunnenstraße.

„Ich bring dich, wenn du nichts dagegen hast."

Sie lächelt als Zustimmung.

Jetzt habe ich sie soweit. Nummer vier. Drei plus eins. Tut mir leid für dich. Aber ich muss es machen. Ich bin es ihnen schuldig. Und wenn du vernünftig bist, brauchst du auch gar nicht zu leiden.

Eine dumpfe Erregung steigt in ihm auf. Sie brechen auf und gehen die spärlich beleuchtete Fußgänger-Allee zur Klinik. Kurz vor Toresschluss ist sie entsprechend gut frequentiert.

„Hallo, Charlotte. Schönen Abend gehabt"?

Die Klinikmitbewohnerinnen schauen dabei mehr auf Daniel als auf Charlotte. Die drei schließen sich ohne Weiteres Charlotte und Daniel an. Ihm ist das gar nicht recht. Aber er kann sich keine übermäßige Aufmerksamkeit erlauben und verhält sich deshalb ruhig.

Allerdings…, die drei Frauen sind ebenfalls blond und fremd. Zwei sind Mitte dreißig. Sie passen in sein Beuteschema. Er könnte sich also eine von ihnen aussuchen. Daniel klinkt sich gekonnt in die Gespräche ein. Im Nu hat er das Vertrauen der mittlerweile vier Frauen errungen. Besser kann es für ihn nicht laufen.

Charlotte spricht die drei Begleiterinnen fast flehend an: „Ihr wollt doch sicher die Abkürzung nehmen? Wir beide machen noch einen kleinen Umweg um den alten Turm. Wir sehen uns im Haus".
„Dann passt man gut auf. In dem Turm soll es spuken. Da soll mal eine Frau…, na ja. Viel Spaß euch Beiden".
„Es ist dir doch recht?", flüstert Charlotte Daniel ins Ohr.

Damit hat er nicht gerechnet. Es geht gegen seinen Plan. Läuft ihm sein Vorhaben aus dem Ruder?

Der alte Turm, vor etwa acht Wochen. Daniel erinnert sich, als sie zu schreien begann: „Halt die Klappe, sonst…". Die Frau hört nicht auf zu schreien. Er schlägt ihr mit voller Wucht ins Gesicht. Die junge Frau blutet. Schrecksekunde. Schweigen. Erneut noch lauteres Schreien: „Hilfe, Hil…".

Daniel drückt ihr mit der Hand den Mund zu. Sie beißt. Daniel schlägt wieder zu. Stärker als vorher. Sie tritt mit Füßen und boxt. Schreit weiter. Daniel bleibt nichts anderes übrig. Er schlägt jetzt mit der Faust und voller Kraft zu. Sie wird ohnmächtig und bricht zusammen. Daniel hält den Atem an. Niemand scheint das Schreien gehört zu haben. Nach ein paar Minuten röchelt sie. Jetzt ist die Zeit gekommen. Keine weitere Schreierei. Daniel sticht zu. Das erste Mal ins Herz, das zweite und dritte Mal in den Bauch. Er lauscht. Hört nichts. Stille. Sie ist tot. Daniel durchsucht kaltblütig ihre Handtasche. Das Handy. Damit wird er am anderen Tag gegen achtzehn Uhr dreißig die Polizei anrufen und sagen, dass sie im alten Turm eine Tote finden wird. Es fiel ihm nicht leicht, neben der Erstochenen bis zur völligen Dunkelheit zu bleiben. Aber es musste sein. Er konnte das Risiko, auf dem Weg zum Sieben-Sitzer aufzufallen, nicht eingehen.

Und heute? Ihm schießt Schweiß auf die Stirn. Sein Blutdruck steigt. Was weiß die Blonde? Kennt sie die Vergangenheit des verlassenen Turmes? Oder hat sie das nur so daher geredet?

Charlotte weiß nicht, in welche Gefahr sie sich begibt. Wie sollte sie auch Daniels wahre Absicht erraten? Daniels Stirnschweiß. Sein leichtes Zittern. Das mühsam erzwungene Lächeln. Der Hass im Auge. All das verbirgt der fahle Schein der Laternen. Daniel hat sich wieder gefangen.

„Ja, alter Turm. Hört sich gut an", tut er unwissend.

Am Turm angekommen. Daniel legt seinen Arm um Charlotte und hält sie zurück. Sie gibt widerstandslos nach, bleibt stehen. Sie wendet sich ihm zu. Er zieht sie zu sich heran. Sie küssen sich. Etwas in ihr will weglaufen. Etwas anderes in ihr will bleiben.

„Nicht so stark. Nicht so fest".

Er gibt etwas nach.

„Können wir morgen weiter machen?", fragt sie sinnlich.

„Ich muss gehen. Die Tür wird gleich geschlossen".

Daniel zieht sie zu sich heran. Ihre Körper drängen zu einander. Und auch Charlotte spürt ihre Erregung.

„Ich muss gehen. Bitte, lass mich gehen. Die anderen warten auf mich".

Sie versucht sich zu lösen. Daniel hält sie fest: „Ich will, ich muss dich…"

„Lass uns morgen weiter machen. Die drei warten auf mich".

Daniel gibt sie frei. Er bringt Charlotte zur Eingangstür. Die drei anderen Wegbegleiterinnen warten wissbegierig auf Charlotte. Die Vier verschwinden für heute in der Klinik.

Sein eigentliches Ziel hat Daniel noch nicht erreicht. Aber der Anfang ist gemacht, das Opfer ausgeguckt.

Der Weg ist richtig. Auf direktem Wege holt er sein Fahrrad und fährt damit zurück zum Bahnhof des Nachbarortes. Nach zwanzig Minuten kommt der Zug nach Hameln. Ohne Zwischenfälle erreicht er sein Hotelzimmer und schläft bald ein.

*****

Die Brunnenstraße in Bad Fürmont erwacht langsam. Die Außenbereiche der Cafès am unteren Ende der Fußgängerzone sind schon gut besucht. Die anderen Geschäfte haben noch geschlossen. Hier und da stellen Inhaber ihre Außenware bereit, und vor einem Schaufenster küsst sich verstohlen ein Liebespaar.

Wie die meisten Städte, hat auch Bad Fürmont gegen Leerstand anzukämpfen. Die Stadt versucht über verschiedene Anreize Investoren in die Stadt zu holen. Aber Kurzsichtige, im Geiste Alte, und Neider werfen dem Bürgermeister unter fadenscheinigen Vorwänden immer wieder Knüppel zwischen die Beine. Besonders intensiv kann es dann schon einmal werden, wenn sich Auswärtige oder junge Leute um eine Zukunft hier bemühen.

Laura, eine junge Frau von etwa fünfundzwanzig Jahren, steht dicht vor einem Ladengeschäft. Es ist ausgeräumt. Sie schaut suchend in das Ladeninnere. An dessen Schaufenster hängt ein Schild *zu vermieten*.

„Naahaa, wollen Sie diese Räume mieten?"

„Vielleicht. Ich weiß es noch nicht", antwortet sie freundlich.

„Sind Sie der Vermieter? Oder warum fragen Sie?"

Der Mann ist um die Mitte vierzig und unauffällig gekleidet.

„Nein, Gott bewahre. Ich bin nicht der Vermieter. Sind Sie Fürmonterin? Ich habe Sie hier noch nie gesehen."

„Nein. Ich habe von dem Miet-Mich-Modell der Stadt gelesen und wollte mich mal umsehen."

Der Mann blickt zum Schaufenster und fragt: „Und was wollen Sie damit machen? Doch wohl nicht so`n billigen Kram? Außerdem, ich weiß nicht. In Ihrem Alter. Sie sind doch noch viel zu jung. Und dazu noch fremd hier."

„Es tut mir leid, dass ich nicht gleich als Greisin zur Welt gekommen bin. Aber ich bin davon überzeugt, dass es auch tolerante Fürmonter gibt."

„Was bilden Sie sich eigentlich ein? Wenn man Ihnen überhaupt den Laden gibt, werde *ich* bei Ihnen bestimmt nicht kaufen."

„Ich möchte sowieso eher junge Familien mit Kindern ansprechen."

„Was hier? Haben Sie sich hier schon einmal umgesehen? Die jungen Leute ziehen doch alle weg, weil es für sie hier kaum Arbeit gibt. Und das Freizeitangebot, nun ja…, Sie müssen ja wissen, was Sie wollen."

Miesepriem, denkt die Frau.

Sie lässt den Mann stehen und geht die Fußgängerstraße hinunter. Im Cafè Zur Kaffeetasse bestellt sie ein kleines Frühstück und liest noch einmal das Inserat der Stadt durch.

‚Unbürokratische, großzügige und schnelle finanzielle Hilfe, Risikobeteiligung und Unterstützung der Stadt, überschaubarer Zeitraum'.

Der Einwand des Mannes wegen der Altersgruppe geht ihr nicht aus dem Kopf.

Im Cafè. Tatsächlich älteres Publikum. Und draußen? Besser, aber auch nicht berauschend. *Soll ich es wirklich wagen? Was ist, wenn er Recht behält? Soll ich es lieber wo anders probieren?*

Ihr Blick hellt sich auf. Gruppen von Schülern kommen am Cafè vorbei.

Dann müssen hier auch Eltern sein. Ich mache es richtig. Und der Ort gefällt mir sowieso. Oller Schwarzmaler. Ich lasse mich nicht verrückt machen.

Die Frau bezahlt und schlendert jetzt ganz bewusst die Fußgängerstraße hinauf. Die Uhr an einem Uhrengeschäft verrät ihr: Noch genug Zeit bis zum Treffpunkt. Laura bleibt jetzt vor einem gut dekorierten Schaufenster stehen. Sie fährt zusammen, als ihr jemand auf die Schulter tippt.

„Ich hatte Ihnen doch geraten, zu verschwinden. Sie sind ja immer noch hier. Haben Sie mich denn nicht verstanden? Muss ich deutlicher werden?"

Er fährt sich mit den ausgestreckten Fingern über seine Kehle, als wolle er sie durchschneiden. Ein widerliches Grinsen verunstaltet sein Gesicht.

„Verschwinden Sie aus Bad Fürmont. Sie sind nicht die erste Frau, die ich..."

Er zieht die Frau zu sich heran: „Wir sehen uns wieder. Schneller als dir lieb ist. Letzte Warnung, hau wieder ab!", haucht er ihr feuchtwarm ins Ohr.

Die Warnung sitzt. Laura zittert am ganzen Leibe. Ihre Augen sind weit aufgerissen. Sekunden werden zu Stunden.

Endlich hat sie sich wieder gefangen und schreit ihm ins Gesicht: „Lassen Sie mich los."

Sie reißt die Arme hoch und stößt ihn von sich. Aus Angst rennt sie in die Mitte der Fußgängerzone, die von Minute zu Minute stärker bevölkert wird. Sie hofft auf Hilfe der Passanten. Deren Reaktion. Gleichgültiges Glotzen. Sonst nichts. Alle paar Schritte dreht sie sich unruhig um. Aber der Widerling ist für Laura unsichtbar geworden, zunächst.

Warum habe ich das Pfefferspray nicht genommen? Nicht dran gedacht. Außerdem konnte ich nicht an die Handtasche.

Sie bildet sich ein, stärker als sonst beobachtet zu werden.

Laura hat das Rathaus erreicht. Endlich. Sie zieht an der Eingangstür. Geschlossen. Das kleine Schild zeigt, dass sie bis zum Öffnen noch zehn Minuten hat. Zehn Minuten. Die können sehr lang werden. Laura wartet mit dem Rücken zur Wand. So hat sie alles besser im Blick. Sie spürt noch den feuchtwarmen Atem und versucht, ihn mit dem Finger aus dem Ohr zu ziehen. Ein Blick nach links, ein Blick nach rechts. Laura bemerkt jetzt einen nicht sehr Vertrauen erweckenden Mann. Langsam kommt er auf sie zu, bleibt stehen, sieht sich um, und kommt dann näher. Laura will zurückweichen. Aber sie kann es nicht, steht wie angewurzelt. Will schreien, aber sie kann es nicht. Der Mann steht jetzt direkt vor ihr. Er zieht die Hand aus seiner Tasche. Laura stockt der Atem.

Was hat er vor? Was mach ich hier überhaupt? Dieses Fürmont ist eine schreckliche Stadt. Weg, ich will weg.
Aber sie kann es nicht.

„Können Sie mir," er dreht sich um, wendet sich von ihr ab.

Nein. Nicht. Er vergewissert sich, dass er nicht gesehen wird. Was hat er mit mir vor? Warum öffnet das Rathaus nicht endlich? Sieht mich denn niemand?

Dann, endlich. Er niest und wendet sich wieder Laura zu.

„Entschuldigung, können sie mir bitte sagen wie spät es ist?"

Die sanfte, wohlklingende Stimme des Stadtstreichers und sein Benehmen entlocken Laura ein freundliches „Zehn vor neun."

„Habe ich Sie erschreckt? Das wollte ich nicht. Entschuldigen Sie bitte. Dann haben wir noch etwas Zeit. Danke schön."

Es ist seltsam. Aber Laura fühlt sich in der Nähe dieses etwas heruntergekommenen Mannes sicher. Ihr Bauchgefühl sagt: *Der tut dir nichts. Er ist ein Gutmensch. Was mag ihn wohl so runter gezogen haben?*

Sie sieht ihm nach, während er sich zurück auf seinen Platz begibt. Als er ihn erreicht, schaut er noch einmal zu Laura. Sie nickt ihm freundlich zu.

Es ist so weit. Die Tür wird automatisch entriegelt. Der Stadtstreicher öffnet Laura die Tür und lässt ihr den Vortritt: „Bitte schön."

„Vielen Dank."

Beide nicken einander zu. Es ist eine Begegnung zweier sehr unterschiedlicher Menschen. Dennoch verspüren sie eine irgendwie geartete Gleichheit.

Laura trägt an der Information ihr Anliegen vor und wird zum Büro des Miet-Mich-Modells in der ersten Etage verwiesen.

Die Leiterin erwartet Laura an der Bürotür: "Sie sind Frau Weißmann? Willkommen bei tripple-m."

Die beiden Frauen nehmen im Büro Platz. „Sie möchten also an unserem tripple-m teilnehmen. Darf ich Ihnen einen Kaffee anbieten?"

„Das ist nett. Ja, gerne. Dank schön."

„Ihre Bewerbungsunterlagen habe ich ja schon erhalten. Vielen Dank dafür. Ihre Ausbildung, ihr Lebenslauf, ihre Erscheinung. Alles prima. Und wir unterstützen besonders gerne Frauen bei diesem Projekt und wollen auch niemandem den Mut nehmen. Aber das Produkt. Das könnte hier in Bad Fürmont ein Problem für Sie werden. Schauen Sie, wir haben hier nur wenige junge Familien."

„Das habe ich heute Morgen schon einmal gehört."

„Sie haben sich schon eine andere Meinung angehört?"

„Nein, das kann man nun wirklich nicht sagen."

Laura berichtet der tripple-m-Projektleiterin von Ihrer Begebenheit am Schaufenster.

„Oh ja. Der schon wieder. Großer Problemfall. Seine

äußere Erscheinung ist ja ganz angenehm. Dadurch gelingt es ihm häufig mit Nicht-Bad-Fürmonterinnen in Kontakt zu treten. Meistens ist er freundlich, und es bleibt bei einmaligem Kontakt. Aber manchmal kann er auch sehr aufdringlich werden."

„Aufdringlich"? Laura nimmt einen Schluck aus der gereichten Tasse Kaffee, „der hat mir mit Tod gedroht."

„Mit dem Tode gedroht? Das ist ja schrecklich. Wir hören hin und wieder von verbalen Belästigungen. Aber echte Drohungen? Nein. Sind Sie sicher, dass wir von derselben Person sprechen? Ich würde Ihnen gerne helfen. Außerdem sichere ich Ihnen jede Unterstützung durch unsere Verwaltung zu, wenn Sie den Zuschlag erhalten sollten." Laura beschreibt den Mann.

„Vielleicht ist es einer aus dem Sozialpädagogischen Zentrum für psychisch Kranke. Die sind aber alle harmlos. Obwohl. Nein..., das kann nicht sein."

„Hat denn bisher noch niemand etwas gegen so etwas unternommen?"

„Es lagen mehrere Anzeigen gegen ihn vor. Aber alle Verfahren verliefen im Sande. Fragen Sie mich nicht warum. Zurück zu ihrem Geschäft. Wir haben im Rat Ihre Sache besprochen. Zwischen den jüngeren und ,ich sage mal, etwas älteren Ratsmitgliedern gibt es unterschiedliche Auffassungen. Nun ja. Sie sind eine Frau, eine junge Frau. Aber wir alle meinen, dass Ihr

Konzept schlüssig ist. Ich könnte mir vorstellen, dass Sie unserer Stadt ein frischeres Bild in der Brunnenstraße verleihen könnten. Außerdem haben wir weitere Bewerbungen junger Menschen für unser Modell. Wir sind bemüht, unsere Stadt vom Image der Alten zu befreien. Wir freuen uns über jeden Zuzug von jungen Menschen. Sie, die Jungen, sind schließlich unsere Zukunft. Ich werde mich bis heute vierzehn Uhr entscheiden. Wollen Sie solange in der Stadt bleiben? Im positiven Fall könnten wir dann schon das eine oder andere besprechen und eventuell sogar den Vertrag aufsetzen. Sie könnten dann am nächsten Ersten starten, wenn es Ihnen recht ist."

„Und wenn ich abgelehnt werde?"

„Wir Frauen müssen zusammenhalten. Ich denke, ein Warten würde sich lohnen. Machen Sie sich nicht allzu viele Gedanken. Mehr kann ich Ihnen nicht sagen."

Laura macht ein freundliches, zufriedenes Gesicht, und verabschiedet sich: „Dann bis um zwei."

Sie geht jetzt nach und nach die freien, zu mietenden Ladengeschäfte ab, sieht sich die Lage, den Zustand des jeweiligen Hauses und die direkte Nachbarschaft prüfend an. Nach einiger Zeit fällt ihr ein weiteres einladendes Geschäft auf. Das gesamte Haus macht einen gepflegten Eindruck. *Das ist schon die halbe Miete*, denkt sie. Laura bleibt stehen. Sie beobachtet die Passanten und stellt sich ihr Geschäft vor: Das Schaufenster schön dekoriert, ein kleines Tischchen, darauf ein kleines Katalogheftchen. Neben dem Tisch zwei Stühle. Und über der Eingangstür LAURAS LÄDCHEN.

In dieser Hochstimmung tritt sie an das Schaufenster und blickt in den leeren Laden. Sie kann einen verlassenen Tisch mit einem Stuhl und einen Kleiderständer erkennen.

Im Fenster spiegelt sich rechts etwas. Ihr Pulsschlag steigt. Ihre Augen werden größer und ihr Blick wird schärfer. Ihr Körper spannt sich. Sie sucht das Pfefferspray in ihrem Sakko, findet aber nichts. Handtasche? Zu spät. Der Mann ist nur noch wenige Schritte von Laura entfernt. Sie kann sich nicht bewegen. Ihr Adrenalinspiegel steigt. Im Fenster spiegelt sich, wie seine Hand in die Manteltasche fährt. Laura kann in dem schwachen Spiegelbild aber nicht erkennen, was er aus der Tasche holt. Starr vor Angst harrt sie der Dinge, die jetzt kommen.

Warum bin ich hiergeblieben? Ich hätte zurückfahren sollen. Jetzt bringt er mich um. Er hat mich gewarnt. Aber warum? Was hab ich getan? Es kann doch nicht im Zusammenhang mit... Zu spät.

„Naahaa, wollen Sie diese Räume mieten?"

Mit zittriger Stimme fleht Laura: „Was wollen Sie von mir? Was habe ich Ihnen getan? Lassen Sie mich bitte in Ruhe."

„Aber junge Frau. Was ich von Ihnen will? Ich würde Sie gerne einladen. Vielleicht zu mir? Auf einen Kaffee? Ich habe so ein Gefühl, als hätte ich Sie schon einmal gesehen. Kann das sein?"

„Ich weiß nicht", immer noch zittrig. „Vielleicht bei… aber ich muss jetzt los."

„Nein, warten Sie. Ich wollte Sie doch…"

Er kommt fast bis auf Reichweite heran. Laura dreht sich um und geht los. Der Mann folgt ihr. „Warten Sie. Ich muss Sie…"

Laura wird schneller.

„Halt, bleiben Sie stehen."

Auch er wird schneller.

„Wenn Sie mir weglaufen, kann ich Sie doch nicht…"

Er wird langsamer und keucht.

Laura bekommt das vor lauter Angst nicht mit und beginnt zu laufen. Sie biegt in eine kleine Straße ab.

Mit weit aufgerissenen Augen starrt sie auf den Mann, der abrupt vor ihr auftaucht. Es ist der Stadtstreicher vom Rathaus. Hätte er nicht so ein heruntergekommenes Äußeres, wäre sie ihm am liebsten in die Arme gefallen, um bei ihm Schutz zu finden. Laura dreht sich um und stellt erst jetzt fest, dass der andere nicht mehr zu sehen ist.

„Sie haben es aber eilig. Kann ich Ihnen helfen?"
„Oh, bitte, ich werde verfolgt."

Was ist mit mir los? Wieso sage ich einem wildfremden Menschen was los ist? Ich habe Angst. Wenn der Andere wartet, was dann? Er hier muss mir helfen.

„Komme ich da zum Parkplatz am Markt?"
„Nein. Dies ist eine Sackgasse. Sie müssen umkehren."
Er weist in die Richtung, aus der Laura gelaufen kam.
„Und an der Straße links und dann…"
Sie fällt ihm ins Wort: „Können Sie mich vielleicht bis an die Straße begleiten?"

Ich glaub, ich spinne, denkt sie im selben Augenblick.
„Ich, Sie, begleiten?", vergewissert er sich ungläubig.
„Ja, gerne."

Er zieht sein etwas zu großes und abgetragenes Sakko zu recht. Seine Haltung wird gerade. Stolz erscheint in seinem unrasierten Gesicht.

Hoffentlich bietet er mir jetzt nicht seinen Arm an. Und zu nah muss ich ja auch nicht an ihn ran. Hoffentlich hält er auch Abstand.

Was hat sie nur? Was soll ich jetzt machen? Was will sie? Soll ich ihr den Arm anbieten? Meinen Arm schützend um sie legen? Nee, dann knallt sie mir eine. Small talk? Liegt mir nicht. Sie sieht gut aus. Auf was habe ich mich da
eingelassen?

„Wer verfolgt Sie denn?"
„Ja, wenn ich das wüsste."

Laura vertraut diesem Mann warum auch immer und berichtet in kurzen Worten.

„Ach, das ist bestimmt Manni. Der tut nichts. Der tut manchmal nur so böse. Der hat vor vielen Jahren einmal… Ach, das ist nicht so wichtig. So wenn Sie jetzt hier hochgehen,…"
„Ja, vielen Dank. Jetzt finde ich den Weg." Laura reicht ihm die Hand, zieht sie aber im selben Moment wieder zurück.

Beschämt geht sie in die gezeigte Richtung. Sie dreht sich noch einmal suchend um. Etwa hundert Meter entfernt erkennt sie den genannten Manni. Schnellen Schrittes wählt sie die entgegengesetzte Richtung. *Wo warte ich jetzt bloß bis zwei Uhr?*

NEUER BLONDINENMORD IN BAD FÜRMONT? Die Schlagzeile eines Boulevard-Blattes nimmt Laura im Augenwinkel wahr. Sie kauft ein Exemplar und liest den Artikel durch. Beunruhigt fragt sie sich: *Soll ich zur Polizei oder nicht. Mache ich mich lächerlich? Sehe ich nur Gespenster?*

Zehn Meter vor Laura steht Manni am Rande der Fußgängerzone. Wie aus dem Nichts ist er aufgetaucht. Er grinst geheimnisvoll und macht mit seiner Hand eine typische Bewegung, die sagt: „Komm näher."

Laura dreht sich um und rennt ohne Ziel los. Nur weg von hier. Von ihm. Sie nimmt nicht wahr, wie ein Mann von kräftiger Statur auf sie zukommt. Er macht auf sie keinen vertrauenswürdigen Eindruck. Seine Schritte werden schneller. Er stellt sich ihr jetzt in den Weg. Laura will schreien. Aber es geht nicht. Ihre Augen sagen dem Mann: Die hat Angst.

Im großen Besprechungszimmer des Polizeikommissariats sitzen Beamte der Polizei aus Bad Fürmont und Hameln sowie der Polizeidirektor Gstellter von der Polizeidirektion Göttingen.

Der Polizeidirektor beginnt: „Also meine Herren, die Zeit drängt. Meine Geduld ist langsam am Ende. Ich erwarte endlich verwertbare Ergebnisse. Ich fasse noch einmal zusammen. Drei Morde in den letzten vergangenen drei Monaten. Immer am zwölften des Monats. Immer blonde Frauen zwischen dreißig und vierzig. Immer Ortsfremde. Immer zwischen achtzehn und neunzehn Uhr. Immer drei Messerstiche. Immer einen ins Herz und zwei in den Bauch. Tatwaffe: Langes Messer. Alle DNA-Spuren vom selben Täter, aber alle nicht registriert. Das ist alles. Das sind die bisherigen Übereinstimmungen. Und in den letzten drei Monaten haben Sie nichts weiter herausbekommen? Wie ist der Stand der momentanen Observationen? Wie gehen wir weiter vor? Und bald ist wieder der Zwölfte."

Der Fürmonter Kriminalhauptkommissar Gethim führt aus: „Was das Observieren angeht: Zehn Beamte sind im Stadtgebiet unterwegs und beobachten verdächtige Personen und ins Beuteschema passende mögliche Opfer.

Dann: Es hat vor einer halben Stunde das Steigenberger angerufen. Ein Unbekannter hat sich im Foyer aufgehalten und auffällig Notizen gemacht. Besonders wenn blonde Frauen durchs Foyer gingen. Als der Concierge ihn daraufhin angesprochen hat, hat der Mann das Hotel verlassen. Außerhalb des Hotels hat der Verdächtige in sein Handy gesprochen. Möglicherweise irgendwelche Erkennungsmerkmale. Der Mann ist kein Hausgast. Der Concierge -er ist erst seit ein paar Tagen hier in Fürmont- sagt, dass er ihn nicht kenne. Aber dem Concierge passte irgendetwas nicht ins Bild. Er sagte, er habe ein komisches Bauchgefühl, konnte es aber nicht beschreiben und hat uns deshalb mit dem Handy ein kurzes Video geschickt. Ich habe es überspielt. Wir können es mit dem Beamer betrachten. Leider ist die Person nur von hinten zu sehen."

„Ja, also, worauf warten Sie?", herrscht Herr Gstellter aus Göttingen den Kriminalhauptkommissar an.

Das Video wird abgespielt. Nichts. Viermal, fünfmal, nichts.

„Also, wenn ich nicht so sicher wäre, würde ich sagen: Das ist Manni. Diese unverwechselbare Haltung. Das Wippen mit dem Fuß. Und jetzt sein Gang. Ich könnte wetten, dass es Manni ist. Dennoch, irgendetwas stimmt da nicht", glaubt Gethim. „Wir kennen Manni. Der tut nichts. Und wenn, dann alles nur Kleinigkeiten. Mal ein bisschen schimpfen. Hat vor etwa vier Jahren seine Frau bei der Geburt ihrer Zwillinge verloren. Die Zwillinge starben bei der Geburt ebenfalls. Er ist damit nicht fertig geworden. Erst Alkoholprobleme. Dann berufliche Probleme. Zum Schluss Wohnungsverlust. Lebt jetzt seit ein paar Monaten in einer Sozialwohnung. Erstaunlicherweise legt er trotz allem noch immer großen Wert auf sein Äußeres. Er gibt der behandelnden Ärztin die Schuld. Die Zeitung hat darüber berichtet. Die Ärztin ist daraufhin in eine andere Stadt an eine andere Klinik gegangen. Sie traf im Übrigen keine Schuld, so ein Gutachter."

„Wann war das genau?", will der Mann aus Göttingen wissen.

„Am..., Moment..., genau am zwölften...". Der Fürmonter Kriminalhauptkommissar bricht ab und blickt in die Runde. Er fühlt die Augen der anderen auf sich gerichtet. *Weiter, weiter, lies weiter.*

„Am zwölften März vor vier Jahren."

Betretenes, vielsagendes Schweigen.

„Aber das kann nicht sein. Manni ist es unmöglich gewesen. Er hat zu jeder in Betracht kommenden Zeit Alibis."

„Hören Sie auf. Es muss einen Zusammenhang geben. Lassen Sie uns alles noch einmal durchgehen. Wir haben bisher...".

Der Beamte geht seine Notizen laut durch.

Plötzlich unterbricht ihn Gethim: "Entschuldigung, können Sie das Letzte noch einmal wiederholen?"

Gstellter wiederholt das Gewünschte.

„Da ist sie, zumindest *eine* Verbindung. Drei drei".

„Ja, endlich geht es vorwärts, sehr gut, Herr Gethim", lobt der Göttinger.

Die ratlosen Minen der anderen zeigen, dass sie den Gedanken nicht folgen können.

*****

„Junge Frau, kann ich Ihnen helfen? Ich bin Kriminalkommissar Aider. Was ist geschehen"?

Eine Frau kommt hinzu. Der Kommissar stellt sie als seine Kollegin Kriminalkommissarin Lehmann vor.

„Sind Sie belästigt oder bedroht worden?", fragt Lena Lehmann. „Sie können uns vielleicht helfen. Wie heißen Sie denn. Und wo wohnen Sie?"

Laura dreht den Kopf nach hinten: „Dahinten, vor dem Fenster. Der Mann im Mantel. Der macht mir Angst. Er hat gedroht, mich umzubringen, wenn ich nicht verschwinde."

Die beiden von der Kripo sehen in die gezeigte Richtung.

„Ich sehe keinen, auf den die Beschreibung zutrifft."

„Ich auch nicht", bekräftig der Kriminalkommissar Aider.

„Aber er war da. Er hat mich heute Morgen schon gewarnt."

„Gewarnt, wo vor?"

„Kennen Sie den Mann?"

„Nein, ich bin doch fremd hier. Ich stand vor einem Schaufenster. Er hat gesagt, dass er mich umbringen will, wenn ich nicht aus Bad Fürmont verschwinde."

„Hat er das gesagt?"

„Nein, aber er hat das mit der Hand angedeutet."

Die Polizisten sehen sich an und nicken: "Wir bitten Sie, mit uns auf die Wache zu kommen. Sie können uns eventuell sehr helfen."

„Aber ich habe um vierzehn Uhr im Rathaus einen Termin."

„Das bekommen wir schon hin. Möglicherweise sind Sie eine sehr wichtige Zeugin und könnten eine Straftat verhindern. Bitte kommen Sie mit."

„Manni…, Manni soll der Mann heißen", fällt es Laura wieder ein.

Lena und Axel sehen sich an.

„Dann ist das nicht unser Mann. Manni ist ungefährlich. Der tut keinem etwas. Und Sie sind sich sicher, dass er Manni heißen soll? Wie sieht denn die Person aus, die Ihnen das gesagt hat? Deren Namen kennen Sie nicht, oder?"

„Nein. Ich sage Ihnen *das*, was ich weiß, gesehen und gehört habe. Was sagen Sie? Mord? Einen Mörder?"

„Ja, einen Mörder. Und wenn wir ihn nicht sehr schnell finden, dann besteht für mindestens eine Frau möglicherweise akute Lebensgefahr. In den letzten drei Monaten ist hier in Bad Fürmont immer am selben Datum, am zwölften, eine Frau ermordet worden, alles fremde."

Laura zuckt zusammen: "Das wäre ja, das wäre ja..."

„Richtig, es bleibt nicht viel Zeit."

„Ich will sofort nach Hause."

Wegen der Dringlichkeit fährt Lena Lehmann fort: „Normalerweise dürften wir Ihnen das gar nicht sagen. Aber Sie könnten uns wirklich helfen. Der Mann, dem Sie heute Morgen am Rathaus und später in der Sackgasse begegnet sind, und der Ihnen behilflich war, ist vermutlich derselbe. Es sind seit geraumer Zeit einige Beamte unterwegs. Sie beobachten blonde Frauen Ihres Alters und Verdächtige. Potenzielle Täter. Außerdem versuchen sie, mögliche Verstecke und potenzielle Tatorte aufzuspüren. Möglicherweise hat einer unserer Beamten Sie beschattet, um nicht zu sagen, beschützt. Ich glaube, dass gerade Sie uns ganz besonders helfen können. Also, kommen Sie mit aufs Kommissariat?"

Laura willigt schließlich ein.

*****

Der Kriminaldirektor fährt mit seinen Ausführungen fort. Es an der Tür klopft.

„Ja, was ist denn?", fragt Gstellter ungeduldig und unfreundlich laut. Da er sich inzwischen erhoben hat, geht er zur Tür und öffnet sie: „Was ist?"

Es sind die beiden Kriminalbeamten aus der Brunnenstraße mit Laura Weißmann.

„Was gibt`s denn? Wir sind in einer wichtigen Besprechung. Kann man denn nicht einmal in Ruhe arbeiten? Wer sind Sie? Was wollen Sie?", faucht der Kriminaldirektor die Anklopfenden an.

„Ich bin Kriminalkommissar Aider, und das ist Kriminalkommissarin Hoffmann, meine Kollegin. Wir haben Frau Weißmann mitgebracht. Sie könnte ein potenzielles Opfer sein und uns möglicherweise in Fall Blondinenmord weiterhelfen", begründet der Kommissar seine Störung.

„Kommen Sie rein. Herr Gethim, brauchen wir Ihre

Mitarbeiter hier noch? Wenn nicht, wären sie draußen im Augenblick wohl wichtiger als hier, oder?"

Herr Gethim fragt seine Mitarbeiter: „Ist Ihnen sonst noch etwas Relevantes aufgefallen? Oder gibt es etwas, das Sie uns mitteilen sollten?"

„Nein, nichts Auffälliges", antwortet die Kommissarin „aber könnten wir Sie wegen einer anderen Sache kurz draußen sprechen?"

Herr Gethim erhebt sich und geht mit den beiden Kollegen hinaus auf den Flur.

„Es geht sehr wohl doch um den Blondinenmord. Aber da drinnen hätten wir Frau Weißmann zu sehr unter Druck gesetzt, und das wollten wir nicht. Deshalb …"

„Ja, schon gut. Kommen Sie zur Sache."

„Frau Weißmann ist uns ziemlich irritiert auf der Brunnenstraße in die Arme gelaufen. Sie behauptet, mit dem Tode bedroht worden zu sein. Nach ihrer Beschreibung könnte es Manni gewesen sein. Wir haben aber weder Manni noch eine andere Person an der von ihr bezeichneten Stelle gesehen. Vielleicht kann diese Information das Bild von Frau Weissmann abrunden. Sie will übrigens hier ein Ladengeschäft in der Brunnenstraße eröffnen."

„Ja, es könnte hilfreich sein. Gut, dann halten Sie zwei jetzt wieder Augen und Ohren offen."

Gethim kehrt ins Besprechungszimmer zurück.

„Können wir jetzt fortfahren, Herr Gethim?", empfängt ihn der Polizeidirektor ungeduldig.

„Also, dann erklären Sie uns jetzt bitte Ihre Gedanken."

„Ja, gut. Noch einmal. Drei drei. Drei Tote bei der Geburt. Jedes Mal drei Messerstiche. Die Geburt, also das Datum des Todes ist der zwölfte. Die Uhrzeit achtzehn Uhr vierunddreißig. Die Morde alle am zwölften des Monats. Und alle abends zwischen achtzehn und neunzehn Uhr. Die Ärztin, blond, damals siebenunddreißig Jahre. Die Opfer: Alles blonde Frauen zwischen dreißig und vierzig. Und alle keine Einheimischen. Und dennoch, ich bleibe dabei. Manni ist nicht der Täter."

„Wie auch immer. Wir haben noch knapp dreißig Stunden Zeit. Herr Gethim, Sie müssen dieses Mal schneller sein als der Mörder. Also, wie gehen Sie vor?"

„Den Concierge herholen. Er hat den Mann von vorn gesehen. Umgehend Phantombild anfertigen. Danach unverzüglich Foto des gesuchten Mannes an alle Einzelhändler, Restaurants, Hotels, Campingplatz und so weiter schicken. Per Email. Mit Hinweis *mutmaßlicher Mörder*. Unverzügliche Info an mich."

„Gut, veranlassen Sie alles. Und nun noch einmal das Video. Wieso schickt der Concierge eigentlich ein Video? Und woher weiß er von dieser Aktion?"

„Zurzeit sind vermehrt Betrüger unterwegs. Sie mieten sich für ein oder zwei Nächte in guten Hotels ein. Aus dem Grunde sind alle Mitarbeiter der Fürmonter Hotels wachsam. Bei Auffälligkeiten werden wir sofort informiert, Herr Gstellter."

„Bitte schauen Sie sich das Video auch einmal genau an. Sie haben den Mutmaßlichen ja gesehen," wendet sich der Kriminalhauptkommissar an Frau Weißmann.

Das Video läuft, und nach zwei Sekunden ruft Laura: „Das ist er. Ja, das ist er. So, wie der sich bewegt. Und das Zucken des Kopfes."

Ihre Stimme wird flehentlich und lauter: "Das ist der Kerl. Warum nehmen Sie ihn denn nicht fest? Sie wissen doch wo er ist. Tun Sie doch etwas."

„Nein, das kann nicht sein. Es ist nicht Manni", Gethim spricht es sehr leise, aber für jeden verständlich.

„Doch, das ist der Mann. Ich erkenne ihn. Auch wenn es nur von hinten ist. Sie müssen was tun. Ich bitte Sie."

Jetzt schaltet sich wieder der Beamte aus Göttingen ein:

„Was haben Sie da gesagt?"

„Was meinen Sie?"

„Sie haben gesagt: Es ist nicht Manni. Wenn das stimmt, sieht ein anderer Ihrem Manni sehr ähnlich.

Und er hat die gleichen Macken. Gewollt oder nicht. Wer könnte es sein?"

„Sie meinen …? Manni hat einen Bruder?", wendet sich der Kriminalhauptkommissar ungeduldig an seine anwesenden Mitarbeiter."

Die ziehen die Schultern in Unwissenheit hoch.

„Herr Müller, klären Sie das bitte umgehend ab. In zehn Minuten möchte ich ein Ergebnis haben. Mit Adresse und so weiter."

Herr Müller geht in einen anderen Raum, um ungestört die Anweisung seines Chefs auszuführen.

Kriminalhauptkommissar Gethim: „Jetzt weiß ich, was nicht stimmt. Manni ist Rechtshänder. Der Mann auf dem Video hält das Handy in der linken Hand. Das Wippen mit dem Fuß. Alles seitenverkehrt. Das ist sein Bruder. Ich bin sicher. Herr Schur, sofort stille Fahndung nach Manni rausgeben. In seiner Wohnung nachsehen, ob er da ist. Keine Informationen an andere geben. Vielleicht trifft sich sein vermeintlicher Bruder mit ihm. Schicken Sie ein Phantombild an die Kommissariate und die Polizeiinspektion Hameln. Bitten Sie um Info, wenn etwas geschieht. Und schicken Sie mir ein Bild von Manni auf's Handy."

„Wenn die beiden Männer sich so sehr gleichen, müssten sie doch Zwillinge sein, eventuell sogar eineiige. Das würde aber bedeuten, dass beide Links- oder Rechtshänder sein müssen", gibt Herr Gstellter zu bedenken.

Ein Beamter des Erkennungsdienstes mischt sich ein: „Ich habe mal gelesen, dass der eine Links- und der andere Rechtshänder sein kann, auch bei eineiigen Zwillingen."

Herr Müller kommt zurück.

„Was haben Sie herausgefunden?"

„Also, gegen Manni liegt zurzeit nichts vor. Ich habe bei der Tafel angerufen. Zufällig ist er jetzt dort."

„Sofort herholen!", bestimmt Herr Gstellter. „Weiter, hat er einen Bruder? Wo ist er? Was macht er? Liegt irgendetwas gegen ihn vor? Vorbestraft?", will er ungeduldig wissen.

„Das kann ich noch nicht sagen."

„Was soll das heißen?"

„Neunzehnhundertsechsundsiebzig wurde Manfred Illsig, also Manni, in Hannover geboren, vermutlich."

„Vermutlich? Was soll das heißen? Weiter, weiter. Lassen Sie sich nicht alles aus der Nase ziehen."

„Er wurde vor die Tür eines Kinderheims in Hannover gelegt, und zwar nur er allein. Ein weiteres Kind, das sein Bruder sein könnte, wurde nicht abgegeben. Den Nachnamen hat er von seinen späteren Adoptiveltern erhalten. Der Vorname wurde ihm im Kinderheim gegeben."

„Na, prima. Dann stehen wir wieder am Anfang?"

Herr Gstellter schleicht wie ein Tiger hin und her.

„Kann ich vielleicht gehen? Ich habe im Rathaus um vierzehn Uhr einen Termin."

„Soll Sie jemand bringen?"

„Nein danke. Es ist ja nicht weit. Heute bin ich ja noch sicher. Und morgen bin ich verschwunden", wundert sich Laura Weißmann über ihre kaltblütige Antwort. Sie verabschiedet sich und verlässt das Kommissariat.

Die Beamten befinden sich jetzt wieder unter sich. Laura ist erst vor einigen Minuten gegangen, als Kriminalkommissar Müller stutzt: "Wir gehen von falschen Voraussetzungen aus. Die Morde sind nicht alle am zwölften geschehen. Sondern, die Leichen wurden immer am zwölften gefunden. Soweit ich weiß, sind die Fundorte auch nicht immer die Tatorte gewesen. Gefunden wurden die Opfer alle zwischen achtzehn und neunzehn Uhr. Sie waren zu dem Zeitpunkt zwischen einer halben Stunde und vierundzwanzig Stunden tot. Wir wurden stets vom Handy der Ermordeten informiert."

Schweigen, bis Kriminalhauptkommissar Gethim: „Los, Müller. Sofort hinter Frau Weißmann her. Ins Rathaus begleiten. Besorgen Sie Personenschutz. Und halten Sie mich auf dem Laufenden. Nicht auszumalen, wenn der Mörder ihr auflauert und wieder zuschlägt."

„Vielleicht haben wir ja Glück. Bisher drei Tote bei der Geburt. Drei Morde", hofft Gstellter.

Gethim gibt zu bedenken: „Und was ist mit der Ärztin. Sie wäre die Vierte. Das vierte Opfer?"

„Herr Gethim," wird der Gstellter ganz leise. „Ich gehe davon aus, dass Sie für den DNA-Test auch von Ihrem Manni Proben genommen haben."

„Er ist nicht der Mörder."

„Haben Sie Proben von ihm genommen?", fasst Gstellter beängstigend leise nach.

Der Kriminalhauptkommissar schüttelt den Kopf.

„Das ist jetzt aber nicht wahr, oder? Mann, was haben Sie sich bloß dabei gedacht? Und wenn ich noch einmal höre: Manni kann es nicht sein. Dann raste ich aus. Also, veranlassen Sie sofort alles Notwendige. Machen Sie Druck. Ich will in spätestens acht bis zehn Stunden das Ergebnis des Tests haben. Und lassen Sie sich bloß nicht vertrösten. Auch wenn die Nacht durchgearbeitet werden müsste. Ich hoffe, ich habe mich klar ausgedrückt."

Herr Gethim bittet einen für diese Aufgabe zuständigen Kollegen, den geforderten Test in die Wege zu leiten.

„Aber das haben wir doch schon getan. Sie sind nur noch nicht da. Weiß der Kuckuck warum das so lange dauert. Ich will wohl noch einmal nachfassen."

„Ich weiß. Warte noch eine halbe Stunde."

„Es ist genau wie der Staatssekretär in Hannover befürchtet hat", brummt der Kriminalhauptkommissar vor sich hin.

Der Erste Kriminalhauptkommissar aus Hameln ist bis dahin ruhig geblieben, meint jetzt aber: „Herr Gstellter, ich schlage vor, wir machen erst einmal eine halbe Stunde Pause."
Widerwillig ist Gstellter mit der Pause einverstanden.

*****

Es ist mittlerweile zwanzig vor zwei. Daniel geht die Seitenstraßen suchend durch. Kein Opfer zu sehen. Es zieht ihn immer wieder auf die Brunnenstraße. Oder ist es Laura, die er heute Morgen bereits mehrmals gesehen und angesprochen hat. Er vergleicht seine Chancen und den eventuellen Widerstand durch Laura oder Charlotte.

Da hinten ist sie wieder. Zweihundert Meter entfernt. Laura kommt ihm direkt entgegen. Sie hat Daniel noch nicht bemerkt und befindet sich mit ihren Gedanken bereits im Rathaus. Daniel nimmt Kurs auf Laura. *Jetzt werde ich sie mir bereitlegen. Wenn etwas schief läuft, habe ich ja noch immer die von gestern.*

Vielleicht finde ich aber auch noch eine andere bei der Klinik, sind seine dunklen Gedanken.

Die Brunnenstraße ist um diese Zeit gut besucht. Aber das ist Daniel in diesem Stadium nicht mehr so wichtig. Noch hundert Meter. Sein Puls steigt langsam. Die entscheidende Phase tritt ein. Noch neunzig Meter. Er greift in seine Manteltasche. Die kleine Spraydose? Das Pre-Pay-Handy? Alles parat. Von einer zur anderen Sekunde. Wie vom Blitz getroffen bleibt er stehen. Er flucht vor sich hin: „Was will der denn? Ein Trittbrettfahrer? Das darf doch wohl nicht wahr sein."

Daniel sieht den Trittbrettfahrer Laura hinterhereilen. Wie er sie von der Seite anspricht. Wie Laura zusammenzuckt. Er beobachtet jetzt ein Gespräch. Es scheint entspannter zu werden. Beide gehen in Richtung Rathaus weiter. Laura ist jetzt in Sicherheit. Vorerst. Der vermeintliche Trittbrettfahrer ist der von Herrn Gethim geschickte Kriminalpolizist.

Na gut. Dann nicht. Gleich zwei Uhr. Dann werde ich mir was aus der Klinik aussuchen, entscheidet Daniel.

Mittagsruhe. Patienten liegen auf dem Rasen, oder sie entspannen in bereitgestellten Strandkörben.

Daniel nimmt einen der Fußwege über den Rasen der Kliniken und hört mehrere Frauenstimmen. Er schlägt die Richtung ein, aus der sie kommen. Die vier Frauen von gestern Abend lachen und machen einen ausgelassenen Eindruck. Unbemerkt gelingt es Daniel in den Bereich einer anderen Klink zu gelangen.

Hier herrscht ruhigeres Verhalten der Patienten. Der Grund: In der einen gibt es körperliche Leiden, in der anderen psychosomatische.

In einem dieser Klinikgärten fällt eine Fünfergruppe auf. Genauer gesagt, eine Frau. Sie redet ziemlich laut und ohne Punkt und Komma. Diese Frau weckt sein Interesse. Daniel versucht, sich unauffällig ins Blickfeld der Frau zu bringen. Als er es schafft, verstummt die Quasselstrippe für eine Sekunde. Danach legt sie wieder los. Sie wendet ihren Kopf einer anderen Patientin der Fünfergruppe zu. Ihre Augen bleiben aber weiterhin auf Daniel gerichtet. Offensichtlich spricht sie über ihn, denn wie auf ein Kommando sehen die anderen vier Frauen auch in Daniels Richtung. Eine der Patientinnen bemerkt: „Ich habe das Gefühl, den kenn ich. Ich weiß aber nicht woher."

Und dann ist die Erste nach ihrer Redepause wieder dran: „Mensch Kathrin das ist ja ein Ding Dann kannst du mich ja mit ihm bekannt machen Oder hast du eigene Interessen Dann würde ich natürlich zurückstehen Aber wenn nicht wäre das schon nett von dir Du weißt ja dass ich im Moment Single bin Du musst dir also keine Gewissensbisse machen Wink ihm doch einmal zu damit ich seine Reaktion sehe Also was ist Willst du Oder darf ich mal antesten Ich würde mich schon ganz gerne heute Abend mit ihm treffen oder wenigsten wir alle zusammen Die Sache langsam angehen lassen Was haltet ihr davon? Nun sagt doch was sonst ist der

gleich weg."

„Wenn du dich nicht ein wenig bremst, wird das nichts mit euch Beiden. Du erschlägst ihn ja mit deinem Temperament. Außerdem kenn ich ihn doch nicht. Der, den ich meinte, hat keinen Bart und auch andere Haare. War aber ein ganz sympathischer Mann."

„Gut dann gehe ich zum Angriff über Ich verlasse euch für ein paar Minuten Man sieht sich gleich wieder Ich erzähle euch dann was ist ob's was wird Drückt mir die Daumen."

Wie nebenbei packt die Redenhalterin ihre wenigen Sachen zusammen. Daniel geht langsam weiter. Sie geht in die Richtung Klinikeingang, aber so, dass sich beider Wege treffen. Natürlich unbeabsichtigt, ist sie schließlich gut drei Meter vor Daniel.

„Hallo, ihr Tuch."

Sie dreht sich um. Daniel hält ihr ein Seidentuch entgegen.

„Das ist nicht mein Tuch."

„Nein? Oh, ich dachte. Es lag hier. Und es hätte Ihnen auch gut gestanden."

„Ja, es sieht nett aus. Schade, aber es ist nicht meins."

„Sie sind hier zur Reha? Ich habe Sie mit den anderen Damen auf dem Rasen gesehen."

Ihr Plan ist bis hierher aufgegangen. Aber von einer derartigen Frage ist sie überrascht und antwortet verlegen ohne den sonst üblichen Wortschwall: „Ja, ich bin hier in Bad Fürmont, weil ich ein kleines Problem habe. Aber die Ärzte meinen, sie bekommen alles wieder hin. Und Sie, sind Sie auch hier in einer Klinik?"

„Nicht direkt. Ich gehöre nicht zur Klinik, wenn Sie das meinen. Ich führe ein paar Untersuchungen für das Land und den Bund durch. Ich forsche auf dem Gebiet eines möglichen Zusammenhangs von Depressionen, Familienstand und Sprechverhalten in Bezug auf die zu erwartenden Heilerfolge. Und ich suche für meine Universität noch Probanden. Und hier in dieser Reha sind vorwiegend Patienten, sagen wir, eines gewissen Bildungsstandes. Das ist der Grund, weshalb ich hier umhergehe", lügt Daniel das Blaue vom Himmel.

Er hat die Erfahrung gemacht, dass insbesondere weibliche Kurgäste leichtgläubiger als männliche sind. Dies gilt besonders dann, wenn die äußere Erscheinung ansprechend ist. So ist es auch bei der Quasselstrippe.

„Dann sind Sie ein Professor?"
„Sieht man mir das an? Das wäre ja schrecklich."

Seine dreiste Aufschneiderei scheint aufzugehen.

„Nein, nein. Ganz im Gegenteil. Glauben Sie, dass ich eine Ihrer Probandinnen sein könnte?", hofft sie naiv.

Es ist unglaublich. Aber seine dreiste Hochstapelei und Lügen fallen auf fruchtbaren Boden. Er führt weiter aus: „Vom Prinzip her schon. Ich habe Sie vorhin mit Ihren Kolleginnen beobachtet. Da sind Sie mir sofort aufgefallen. Sie haben die Gruppe fest im Griff", schmeichelt er ihr.

Eines echten Professors unwürdig führt er weiter aus: „Und jetzt, der erste Eindruck! Ja, Sie würden genau ins Schema passen. Ich war auf dem Weg zum Ärztlichen Direktor Ihrer Reha-Klinik. Ich wollte mit ihm passende Patienten oder Patentinnen beziehungsweise Probanden erarbeiten. Natürlich alles mit Datenschutz. Aber so. Ich würde mir und der Uni viel Arbeit und Zeit ersparen, wenn Sie… Aber ich glaube, es klappt nicht."

„Oh, wie schade. Warum denn nicht?", hofft Astrid, den falschen Professor doch noch von ihrem Wunsch überzeugen zu können.

Die Fliege sitzt im Netz. Die Spinne schlägt zu. Daniel muss sie jetzt lediglich komplett einpacken und dann aussaugen.

Mit einer gewissen Freude, wie die letzten Male spinnt er weiter: "Entschuldigen Sie bitte. Ich habe mich Ihnen noch gar nicht vorgestellt. Ich bin Alexander Burghausen. Den Professor lassen Sie bitte weg. Einfach Alexander."

Alexanders bodenlose Lügen und Hochstapelei sitzen. Astrid hat im Augenblick wohl Scheuklappen. Kein Professor würde einer fremden Person beim ersten Treff zugestehen, die Titel wegzulassen oder ihn zu duzen. Undenkbar.

„Nun, wir wollten im nächsten Monat fertig werden. Mit Ihnen…"

„Astrid, Astrid Driemling. Nennen Sie mich doch einfach Astrid."

„Gerne, Astrid. Wenn wir zwei das in diesem Monat

noch durchziehen könnten, wäre es schon enorm von Vorteil. Aber, und das Problem ist: Wir müssten uns noch heute für zwei bis drei Stunden treffen. Zur Vorbereitung. Und morgen müssten wir nach Blumenberg in mein Institut fahren. Am besten gegen achtzehn Uhr. Dann ist der übliche Verwaltungskram erledigt, und wir könnten uns Wichtigerem widmen."

„Heute Abend? Abendbrot lasse ich fallen. Und morgen Abend das Gleiche? Also ich wäre bereit."

„Bekämen Sie denn keinen Ärger?"

„Nein, nein. Es gibt verschiedene Tricks und Möglichkeiten. Das klappt schon."

„Das ist ja phänomenal. Das ist ja hervorragend. Ich bestelle dann für heute Abend halb sieben einen kleinen Tisch. Und morgen Abend hole ich Sie, dich, um Viertel vor sechs vorn am Parkplatz ab."

„Einverstanden. Ich freue mich sehr, Herr Professor."

„Ich werde mich dann jetzt wieder ins Institut begeben. Zum Glück brauche ich ja nicht mehr zu suchen. Ich habe ja ein passendes Opfer gefunden."

Dabei lächelt er. Er reicht Astrid die Hand: „Dann bis Viertel vor sechs. Hier am Rosenbogen?"

Astrid nickt. Alexander verlässt den Reha-Garten und fährt jetzt zu einem alten Parkplatz. Mit einem rot-weißen Band sperrt er den Parkplatz ab.

*****

Müller kommt ins Polizeikommissariat zurück. „Ich habe Frau Weißmann bis ins Rathaus begleitet. Kollegin Schrader übernimmt den Personenschutz vor Ort im Rathaus. Frau Weißmann will nach ihrem Termin nach Hause fahren. Kollegin Schrader begleitet sie dann bis zum Auto."

Der Kriminaldirektor aus Göttingen holt jetzt aus seiner Aktentasche das Boulevard-Blatt hervor und legt es mit der Titelseite für alle sichtbar auf den Tisch.

NEUER BLONDINENMORD IN Bad Fürmont?
„Haben Sie das Geschmiere gelesen?"
„Aber das ist doch nicht unsere Schuld", erdreistet sich einer der jüngeren Beamten zu antworten.

In donnerndem Ton und mit gewaltiger Stimme: „Nicht Ihre Schuld? Seit Monaten jagen Sie diesem Mörder hinterher. Was haben Sie in dieser Zeit erreicht? Nichts. Und ich werde darin als Versager hingestellt."

Der Göttinger nimmt das Blatt und liest einen markierten Teil daraus vor: „Wie wir von einem hohen Beamten der Polizeidirektion Göttingen erfuhren, laufen die Untersuchungen auf Hochtouren. Man tappe in Bad Fürmont und Hameln aber noch im

Dunkeln. Aus der Polizeidirektion Göttingen bekamen wir aus ermittlungstechnischen Gründen keine Stellungnahme. Und weiter: Gibt es hier Parallelen zu anderen Fällen der jüngeren Zeit? Wurden wichtige Details nicht weiterverfolgt? Und wenn ja, warum nicht? Sind wichtige Unterlagen verschwunden? Und wenn ja, warum? Ist womöglich ein Beamter oder sogar Politiker in diese Sache verwickelt? Wir dürfen gespannt sein, ob sich ein Beamter oder Politiker wegen eines Burnouts krankmeldet. *Ein* Betriebsunfall dürfte genug sein. Es bleibt zu hoffen, dass der große Unbekannte nicht noch einmal zuschlägt."

Er knallt die Zeitung auf den Tisch und wütet: „Das ist eine bodenlose Schmiererei. Es ist niemand von diesem Schmierenblatt im Ministerium, Präsidium oder der Direktion gewesen. Und wenn doch, dann ohne mein Wissen. Sie bringen mich hier in eine Situation. Es ist unerträglich. Nur weil Sie nicht vernünftig gearbeitet haben. Manni war es nicht und so ein Mist, muss ich mir von diesen überbezahlten Schmierfinken Unfähigkeit vorwerfen lassen. Ich fahre jetzt nach Hannover. Heute Abend habe ich noch einen Termin in dieser Angelegenheit mit dem Staatssekretär. Er hat mich während der Pause angerufen. Sie glauben doch wohl nicht, dass ich mich in irgendeiner Weise schützend vor Sie stelle. Wenn nicht bald Erfolge kommen, werde ich alle möglichen dienstrechtlichen Mittel in die Wege leiten."

Gethim ergreift emotional geladen das Wort, ohne gefragt zu sein. „Unsere Leute haben gut zusammen gearbeitet. Wir haben Verstärkung angefordert. Wir wollten Laboruntersuchungen. Erst nach Tagen bekamen wir die Freigabe. Wir warten noch heute auf eine Reihe von Ergebnissen. Ein vielversprechender Hinweis wurde von Ihrer Dienststelle abgeblockt. Ein Foto mit einem Verdächtigen, da hieß es nur: Nein das kann nicht sein. Vergessen Sie's. Eins der Opfer war eine Edel-Prostituierte. Ein Edel-Call-Girl. Warum wurde der Fall abgezogen? Warum haben wir diese Unterlagen nicht zurückbekommen? Warum schaltet sich das Ministerium erst ein, nachdem das Fernsehen berichtet und unangenehme Fragen gestellt hat? Ich weiß nicht, ob jemand ein persönliches Interesse an einer Verschleppung des Falles hat. Unsere Leute haben sich nichts zu Schulden kommen lassen. Von allen Seiten werden wir mit Dreck beworfen. Und seien Sie sicher Herr Gstellter: *Ich* werde mich schützend vor meine Leute stellen. Und *ich* werde reden, nichts verheimlichen. Und jetzt können Sie die entsprechenden Maßnahmen gegen mich einleiten. Ich wünsche Ihnen eine gute Fahrt nach Hannover. Und grüßen Sie mir Ihren Schwager im Ministerium."

Herr Gstellter verlässt wütend den Raum und macht

sich auf den Weg ins Ministerium nach Hannover.

Schweigen macht sich breit. Der Polizeidirektor aus Hameln erhebt sich von seinem Platz: „Kollegen, ich habe während der Pause mit der Direktion in Göttingen gesprochen. Was Herr Gethim gesagt hat, ist vollkommen richtig. Wie Sie wissen, war das erste Opfer ein Edel-Call-Girl und hat Buch geführt. Das Buch und ein USB-Stick sollten nicht in falsche Hände gelangen. Herr Gstellter war Kunde bei dem Call-Girl. Er musste also an das Buch herankommen. Aus diesem Grunde hat er die Ermittlungen der drei Morde, insbesondere des ersten behindert, bis er das Buch gefunden hat. Der Staatssekretär in Hannover hatte Gstellter schon länger wegen anderer Fälle in Verdacht. Einzelnes weiß ich nicht. Da Gstellter das Buch jetzt hat, hat er auch nichts mehr zu befürchten. Glaubt er. Also macht er jetzt Druck. Aber von dem USB-Stick weiß er nichts. Wie dem auch sei. Von der Direktion, dem Polizeipräsidenten, erhalten wir ab sofort wieder jede Unterstützung. Ich konnte es nicht eher sagen, damit die Untersuchung nicht gefährdet wurde. Übrigens, Herr Gstellter hat während der Pause einen Anruf aus Hannover erhalten. Er wird dort dringend gebraucht. Herr Gethim, das DNA-Ergebnis ist da. Es ist Manni. Wir müssen den Zwillingsbruder finden. Es muss ihn geben. Wie Sie richtig sagen:

Manni hat in mindestens zwei der Fälle hundertprozentige Alibis."

*****

„Ich such dich schon überall Ich habe mich mit ihm zu heute Abend verabredet Ich soll eine Probandin bei seinem Projekt sein Er ist Professor und will mit mir in sein Institut fahren Ist das nicht geil Kathrin Aber das ist nicht der den du kennst oder Also ich finde das total aufregend Was zieh ich denn bloß heute Abend an Und erst morgen wenn er mit mir nach Blumenberg fährt Vielleicht kann ja auch mehr daraus werden Wie findest du das?"

„Ich habe ein komisches Bauchgefühl. Irgendwie kommt der mir doch bekannt vor. Wie heißt er, und wo ist er Professor?"

„Ich weiß nicht. Ich weiß nur, dass er Alexander heißt. Professor Alexander Berg, Burg oder so ähnlich. Der ist nett, lieb und hat Geld. Und der konnte von seinem Institut so begeistert reden."

„Astrid, hast du von den drei Morden in Bad Fürmont gehört?"

„Wie, was? Mach mir bloß nicht alles schlecht Endlich hab ich mal 'ne Gelegenheit da kommt eine und will se mir schlecht reden Nee lass mal."

„In zehn Minuten weißt du, ob er echt ist oder nicht. Ich will dir doch nur eine eventuelle Enttäuschung ersparen."

„Wie willste das denn überhaupt machen, ohne dass der was davon merkt?"

Kathrin holt ihren Laptop und sucht mit Astrid gezielt nach entsprechenden Verbindungen.

„Das machst du aber nicht zum ersten Mal Was bist du eigentlich von Beruf? Du hast doch bestimmt mit so etwas zu tun."

Kathrin lächelt vielversprechend nichtssagend. Nach einer Weile bemerkt sie: „Nichts, Astrid, gar nichts. Wenn es deinen Professor gäbe, hätten wir etwas gefunden. Ich habe ein komisches Bauchgefühl. Geh nicht hin."

„Ach Unsinn Natürlich gehe ich dahin Und wenn er kein Professor ist ist das auch egal Ich hab doch nichts zu verlieren Wir können trotzdem eine schöne Zeit verbringen Und wenn es ganz schlimm kommt komme ich einfach zurück Dann hab ich eben Pech gehabt Wenn es blöd wird rufe ich dich an Deine Handy-Nummer habe ich ja."

„Denk an die Zeitschrift:

NEUER BLONDINENMORD IN Bad Fürmont?

„Ist schon gut."

Astrid verschwindet. Sie macht sich für den Abend schick.

Kathrins Bauchgefühl lässt sie nicht in Ruhe. Vielleicht ist ja doch alles in Ordnung. Sie denkt an ihre Ausbildung: *Verlassen Sie sich öfter auf Ihr Bauchgefühl*, hieß es. Selten hat es sie belogen. Und was, wenn es der Mörder ist? Oder ein Perverser? Oder nur ein simpler Hochstapler? Astrid schwebt in Gefahr. Kathrin spürt es. Beweise? Fehlanzeige. Zu späte Beweise würden Astrid jedoch nicht mehr helfen.

*****

Der große Speisesaal ist bereits gut zum Frühstück besucht. Kathrin erreicht den Sechser-Tisch.

„Guten Morgen. Habt Ihr Astrid gesehen?"

„Nein. Wir haben uns auch schon gewundert. Normalerweise ist sie morgens die Erste. Hast du schon mal angerufen oder geklopft?"

„Ja, nichts. Handy, Telefon, anklopfen. Nichts. Habt Ihr sie gestern Abend noch gesehen?"

Stilles Kopfschütteln.

„Ich habe so ein dummes Gefühl. Wenn der man nicht… Ich habe noch versucht, ihr das Treffen auszureden. Aber Ihr wisst ja, wie sie ist. Was sollen wir tun?"

Stilles Schulterzucken.

Ein Polizeiwagen fährt vor. Zwei Polizisten gehen zum Empfang. Der freundliche Mitarbeiter am Empfang nimmt das Telefon. Etwas später kommt die Leiterin der Klinik.

Kathrin geht zur Toilette. Ihr Weg führt am Empfang vorbei. Das Gespräch wird unterbrochen, so dass Kathrin leider nichts hört. Auch auf ihrem Rückweg, nichts.

Wieder am Tisch. Ihre Tischleute sehen sie fragend an. „Hab nichts gehört."

Wortlos frühstücken sie weiter. Kathrin macht sich Vorwürfe. *Hätte ich bloß… hätte, hätte. Jetzt ist es zu spät. Er hat wieder zugeschlagen. Soll ich sagen, was ich weiß oder nicht? Hoffentlich hat er ihr vorher nicht noch was angetan. Das Schwein, das dreckige.*

Aus heiterem Himmel: Kathrin verschluckt sich. Ihr bleibt der Bissen im Hals stecken. Sie bekommt keine Luft. Springt auf. Ihr Tischnachbar schlägt ihr beherzt auf den Rücken, weil er es nicht besser weiß. Sie hustet. Schnappt nach Luft. Nach und nach fängt sie sich wieder. Immer noch benommen und um Luft ringen meint sie: „Mir geht ein Licht auf."

Sie macht eine Pause und hustet sich frei. „Ich weiß, wer es war. Er war es. Wie konnte ich nur so blind sein. Andere Haare, anderer Bart. Aber die Haltung. Die Bewegungen. Es ist der Koch aus dem Zug. Professor, Koch. Und mit Sicherheit heißt der gar nicht so."

Ihre Tischnachbarn sehen Kathrin verständnislos an. Sie hat ja auch nur Astrid von dieser Begegnung im Zug berichtet. Ihr wird heiß. Sie hätte anstatt Astrid das Opfer sein können. Ein kalter Schauder durchläuft sie. Ihre Haare stellen sich auf. Sie setzt die Kaffeetasse wieder ab. Sie zittert. Vor Wut? Aus Furcht? Eine neue Kanne Kaffee wird auf den Tisch gestellt.

„Was ist denn mit Frau Driemling? Noch nicht da? Die war ja gut drauf."

„Was? Wie? Gut drauf?"

„Ja, die ist heute schon ganz früh aufgestanden. Wollte 'nen kleinen Lauf durch den Park machen. Lachte und scherzte schon am frühen Morgen. Wenn ich nicht wüsste, würde ich meinen…, na ja. Der Aufenthalt hier tut ihr jedenfalls gut."

Nach einer halben Stunde kommt Astrid frisch geduscht und freudestrahlend an den Frühstückstisch. In ihrer Art erzählt sie Kathrin ohne

Punkt und Komma, was gestern war. Nichts passiert. Alles in Ordnung. Ein vollkommener Gentleman.

Nach dem Frühstück stellt Kathrin Astrid ein paar versteckt gezielte Fragen und merkt ziemlich schnell, nicht alles in Ordnung. Es ist ernst. Sehr ernst. Aber wird Astrid es glauben? Bezahlt sie die Hochstapelei des dreisten angeblichen Professors durch ihre Naivität mit dem Leben?

Vor Kathrins geistigem Auge erscheint immer größer die Schlagzeile des Boulevardblattes:
NEUER BLONDINENMORD IN BAD FÜRMONT?

Was soll sie tun? Heimlich mitgehen? Gibt es dann zwei Morde? Zur Polizei? Was ist denn wirklich los? Vermutungen? Wahrheit? Beweise? Hirngespinste? Kathrin ist schließlich wegen Überforderung hier zur Reha. Würde die Polizei ihr überhaupt glauben? Warum waren die beiden Polizeibeamten vorhin hier in dieser Klinik? Gibt es einen Zusammenhang? In Kathrins Kopf ist es wirr. Sie fasst einen Entschluss.

*****

Sieben Uhr. Wieder einmal der Zwölfte des Monats. Kommissariat Bad Fürmont. Mordkommission. KHK

Gethim: „Herr Illsig, wir kennen Ihren schweren Weg seit dem Verlust Ihrer Frau und der Zwillinge. Das tut uns allen sehr leid. In einigen Situationen haben wir deshalb auch mehr als beide Augen zugedrückt. Aber wir müssen nun zur Sache kommen: Für die Zeiten der letzten beiden Morde haben Sie eindeutige und zweifelsfreie Alibis. Bei allen drei Morden haben wir aber Spuren Ihrer DNA gefunden. Da Sie es nicht gewesen sein können, müssen sie einen Zwillingsbruder haben. Er hat die Morde begangen. Sagen Sie uns bitte, was Sie wissen. Plant er weitere Morde? Und warum? Heute ist wieder der Zwölfte. Wenn Sie uns nicht helfen, machen Sie sich mitschuldig."

Drohend und ganz langsam fügt er hinzu: „Reeeden Sie, Mensch, Manni! Sie waren als fairer Sportsmann allen Fürmontern und dem ganzen Kreis bekannt. Und auch ihre früheren Geschäftspartner haben Sie geachtet. Alle nehmen Teil an Ihrem Schicksal. Haben Sie sich so verändert?"

Pause. Eine lange Minute nichts. Nur starrende Augen auf Manni. Wartende Gesichter. Bittende fast flehende Blicke.

Gethim fährt fort: „Es gibt aber noch eine andere Lösung."

Langsam geht er auf Manni zu. Dem wird unwohl. Er rutscht auf seinem Stuhl hin und her. Möchte zurückweichen. Geht aber nicht.

„Natürlich," sagt der KHK. „Sie sind es. Sie haben die Rolle mit Ihrem Bruder getauscht. Er war Ihr Alibi. Sie selbst haben die Morde begangen. Na klar. Warum sollte er auch? Es waren ja schließlich Ihre Frau und Ihre Zwillinge. Herr Illsig, ich verhafte Sie wegen des Verdachts des dreifachen Mordes."

Manni ist niedergeschlagen. Er stützt seinen Kopf in die Hände und weint leise in sich hinein.

„Wieso wussten die Behörden nichts von der Existenz Ihres Bruders? Können Sie mir das erklären?"

„Unsere Mutter war alleinerziehend. Sie konnte aber nur *ein* Kind großziehen. Deshalb hat sie mich vor einem Kinderheim in Hannover ausgesetzt. Meinen Bruder hat sie bei sich behalten. Unser Vater war ein verheirateter Arzt aus München. So war es kein Problem für sie, an gefälschte Papiere zu kommen. Ein Kind wurde einfach verschwiegen."

Manni macht eine kurze Pause. Sein Blick ist trüb. Nach endlosen zwei Minuten fährt er fort: „Vor sechs Monaten ist unsere Mutter gestorben. Sie war sehr krank und hatte einen Brief für meinen Bruder geschrieben. Er sollte ihn erst nach ihrem Tode lesen. In dem Brief stand der Hinweis auf ein Schließfach bei ihrer Bank. Dort hat mein Bruder nach ihrem Tod noch einige Sachen gefunden. Darin stand unter anderem das, was ich Ihnen gerade erzählt habe. Wir wussten bis dahin nichts von einander. Mein Bruder hat direkt nach dem Tode unserer Mutter Kontakt mit mir aufgenommen. Mein Zustand hat ihn entsetzt. Also habe ich ihm von meinem Unglück erzählt. Irgendwie hat er es geschafft mir einzureden, dass die Ärztin Schuld an allem wäre. Daniel meinte…"

„Daniel? Ihr Bruder? Wie heißt er weiter?", fragt Herr Gethim hoch konzentriert.

Manni hebt die Schultern. „Weiß nicht. Ist ja auch nicht mehr wichtig. Sie wollten den Mörder. Hier sitzt er. Den Rest können Sie sich zusammenreimen."

„Das würde bedeuten, Ihr Bruder hat Ihnen die Alibis verschafft. Beim ersten Mord war Ihr Bruder der Raser in München und Sie der Mörder an der Prostituierten? Wir haben ihn auf dem Foto für Sie gehalten! Den zweiten Mord haben Sie auch begangen? Und den dritten an der Krankenschwester, auch Sie?"

Manni nickt. Sein Blick ist nach unten gerichtet. Er hält seine Arme nach vorn. Die Handschellen sollen klicken. Manni ist überführt. Aber er macht keinen erleichterten Eindruck. Erst jetzt sieht er dem

Kriminalhauptkommissar in die Augen. Herr Gethim sucht in Mannis Blick nach Gewissheit. Irgendetwas gefällt ihm nicht. Er hat schon viele Verdächtige Überführt. Die anderen Beamten sind froh. Einer bemerkt mehr beiläufig: „Ein Glück. Das hätten wir ausgestanden. Kein weiterer Mord. Wurde auch Zeit."

„Ich weiß nicht", zweifelt der erfahrene KHK ganz leise, so dass es Manni nicht hören kann.

„Ich habe schon viele überführt. Manchen schaut blanker Hass aus den Augen. Andere spucken einem vor die Füße. Wieder andere beginnen zu weinen. Selten ist es den Überführten egal, was dann auf sie zukommt. Alle scheinen auf ihre eigene Art erleichtert zu sein. Aber Manni. Diese Augen, sein Gesichtsausdruck. Seine Körpersprache. Es passt nicht zusammen. Ich bleibe dabei. Manni war es nicht. Er soll uns jeden Mord genau schildern, vor und zurück."

Es klopft an der Tür.

„Ja, herein!"

„Eine Frau Nordkamp möchte etwas zu den Morden hier in Fürmont melden", führt ein junger Kriminalmeister Kathrin herein.

„Wir haben zwar einen Mörder, aber bitte…"

Mit einer entsprechenden Handbewegung lädt der KHK Kathrin Nordkamp ein. Er und die anderen Beamten beobachten genau die Reaktionen von Kathrin und Manni, wie sie sich ansehen.

„Oh, ich sehe, dass Sie…" Kathrin stockt.

Sie sieht in die Runde und wieder zu Manni. Sie ist erstaunt. Mannis Reaktion gleich null. Kein Augenzwinkern. Kein Verziehen der Mundwinkel. Keine verräterische Bewegung. Nichts. Er wird aus dem Zimmer abgeführt.

„Ich bin in Sachen Blondinemord der ermittelnden Kriminalhauptkommissar Gethim", stellt er sich vor.

„Vielen Dank, dass Sie zu den drei Mordfällen etwas sagen wollen. Sind Sie Zeugin? Wir haben alles ausgestanden. Den vermeintlichen Mörder haben wir. Es wird keine weiteren Morde an unschuldigen Frauen geben."

Manni wird aus dem Zimmer geführt.

„Herr Gethim, dieser Mann kennt mich nicht. Er hat mich noch nie gesehen."

„Ist das so verwunderlich? Sie sind ja kein Mordopfer."

„Nein, das nicht. Aber im Zug von Hameln nach Bad Fürmont…"

Und jetzt erzählt sie: Im Zugabteil, ein Mann gibt ihr Kaffee aus. Ohne Grund. Er heißt Koch. Und gestern Abend? Sie glaubt diesen Mann wieder zu sehen. Und dass er sich mit einer Patientin verabredet hat.

„Wir haben im Netz nachgesehen. Es gibt diesen Professor Alexander Burghausen nicht. Es gibt auch kein Forschungsinstitut in Blumenberg. Wenn dieser Mann", sie deutet auf Manni, „der aus dem Zug wäre, hätte er mich wiedererkannt. Er ist es nicht. Er hatte keinerlei Reaktion. Der Mörder läuft frei herum. Er trifft sich heute Abend mit meiner Tischnachbarin. Er will mit ihr zu Forschungszwecken in sein Institut nach Blumenberg fahren. Das Institut gibt es aber nicht. Frau Driemling, das ist die Frau, schwebt in Lebensgefahr. Sie will es aber nicht wahrhaben. Sie ist blind. Also nicht blind. Sie ist blind. Sie will es nicht wahrhaben."

„Manni sofort zurückholen," bestimmt Gethim. „Bleiben Sie bitte auch hier, Frau Nordkamp. Was sind Sie eigentlich von Beruf?"

„Zufällig Kriminalhauptkommissarin in Osnabrück. Wegen Überlastung im …, ach, lassen wir das. Es trägt nicht zur Aufklärung bei."

Manni wird erneut hereingeführt.

„Herr Illsig, kennen Sie diese Frau? Sie behauptet, Sie gesehen zu haben."

„Dann wird es wohl so sein," meint Manni gelangweilt.

„Mit einem Ihrer Opfer," gibt der KHK vor.

„Dann habe ich Pech gehabt. Und Sie haben, was Sie wollen. Ich habe doch schon gestanden."

„Herr Illsig, warum decken Sie Ihren Bruder? Hat er, haben Sie einen weiteren Mord geplant? Warum soll eine vierte Frau sterben? Ihre Frau und Kinder haben Sie doch, wenn Sie so wollen, gerächt. Warum noch einen Mord?"

„Warum, warum? Sie, die Ärztin hat meine Familie, umgebracht. Sie hat mein Leben zerstört. Sie wird sterben. Heute Abend. Und Sie können es nicht verhindern."

Wut und ein Gefühl der Ohnmacht steigen jetzt in Gethim auf: „Die Ärztin war unschuldig. Und das wissen Sie auch. Lassen Sie's gut sein. Wenn Sie uns jetzt helfen, helfe ich Ihnen später auch. Aber wenn Sie stumm bleiben, sind Sie selbst ein Mörder. Und Ihren Bruder kriegen wir, verlassen Sie sich drauf. Bisher hatte ich Mitleid mit Ihnen. Ab jetzt aber nur noch Verachtung. Tiefe Verachtung. Den Manni, den ich kannte, den wir alle kannten und schätzten, den gibt es nicht mehr."

Manni beginnt zu erzählen. In einem Ton, den keiner der Anwesenden von ihm erwartet hat. Seine Stimme ist ruhig und gefasst. Seine Haltung gerade. Sein Blick ist fest und entschlossen. Seine Worte sind wohl gewählt: „Ich habe früher einen guten Beruf und Job gehabt. Alles war harmonisch. Wir führten im eigenen Haus ein zufriedenes Leben. Was fehlte war ein Kind. Und dann kam der lang ersehnte Tag. Meine Frau kam vom Arzt und sagte, dass sie schwanger ist. Wir waren selig. Die gesamte Schwangerschaft war wunderbar, obwohl meine Frau auch die üblichen Übelkeiten und so weiter bekam. Wir sahen beide dem größten Tag unseres Lebens entgegen. Und nach langen Monaten des Wartens war er da. Meine Frau rief mich in der Firma an: Es ist so weit. Kannst du kommen? Welche Frage. Ich habe meine Sachen gepackt, den Kollegen und dem Chef Bescheid gesagt, dass das Kind kommt, und bin nach Hause gefahren. Es war die schönste Heimfahrt meines Lebens. Das, was meine Frau und ich uns neun lange Monate besprochen und ausgemalt haben, war gekommen. Und dann noch Zwillinge. Zuhause holte ich meine tapfere Frau ab. Wir fuhren vorsichtig zum Krankenhaus. Die erste Untersuchung zeigte, dass noch ausreichend Zeit bis zur Geburt war. Dann kam meine Frau in den Kreißsaal. Ich durfte nicht mit rein. Kaiserschnitt. Ich ließ meine Frau allein. Allein, wissen Sie, was das bedeutet? Und dann kam die Ärztin heraus. Sie kam auf mich zu. Ihr Gesicht war ernst. Sie nahm ihren Mundschutz ab und fragte: Herr Illsig? Ich wusste, dass etwas geschehen sein musste, aber so…"

Herr Illsig verbirgt sein Gesicht. Er fängt an zu weinen. Er schluchzt. Sein Weinen wird stärker. „Nein,

nein, ich will nicht mehr. Ich kann nicht mehr," schluchzt er stotternd.

Die vorhin aufsteigende Verachtung der Anwesenden ist entwichen und in Mitleid umgeschlagen. Herr Illsig tut ihnen leid. Herr Gethim legt warmherzig seine Hand auf Illsigs Schulter. Sein Schluchzen wird noch heftiger und dumpfes Stöhnen gesellt sich hinzu.

„Herr Illsig," versucht der Kriminalhauptkommissar erneut etwas über den bevorstehenden Plan zu erfahren. „Glauben Sie mir. Wenn Sie uns sagen, was und wo heute noch ein Mord geschehen soll, wird es Ihnen besser gehen. Erleichtern Sie Ihr Herz und Ihr Gewissen. Und bitte sagen Sie uns jetzt die Wahrheit. Haben Sie die Taten begangen? Oder war es Ihr Bruder? Und bitte, wie heißt Ihr Bruder?"

Illsig hat sich wieder ein wenig gefangen und fährt fort: „ Es war genau achtzehn Uhr vierunddreißig. Mein Leben war zu Ende. Ich werde diese verdammte Uhrzeit nie vergessen. Abends nach den Nachrichten. Wenn die Uhrzeit angesagt wird: Es ist achtzehn Uhr vierunddreißig. Ich höre seitdem keine Abendnachrichten mehr. Sie wollen von mir den Namen meines Bruders wissen. Sagen Sie mir erst den Namen der Ärztin, die meine Frau und meine Kinder ermordet hat. Bisher wollte ihn mir niemand sagen. Drei Leben sind mir genommen worden. Für wen soll ich jetzt noch bleiben? Mein Leben wurde zerstört. Und dann, aus heiterem Himmel erfahre ich, vor ein paar Monaten, dass ich einen Bruder, einen Zwillingsbruder habe. Wie meine Zwillinge. Wie grausam. Alles kam noch schlimmer als vorher wieder hoch. Ich will ihn nicht auch noch verlieren. Ich sage Ihnen nichts mehr."

Gethim hat keine Zeit mehr zu verlieren. Er weiß nun, dass er nichts mehr von Mann Illsig erfährt und bestimmt: „Abführen!"

Nachdem Manni abgeführt ist, sind sich alle einig. Manni hat recht, wenn er sagt: Sie können es nicht verhindern.

„Wir haben nur noch eine Chance. Herr Müller, holen Sie umgehend Astrid Driemling hierher. Unauffällig. Nehmen Sie eine Kollegin mit.

KHK Gethim blickt sorgenvoll in die Runde. Wir haben aber auch nichts, rein gar nichts in der Hand. Nicht mal sein Handy. Wir wurden immer erst angerufen als die Frauen tot waren. Und das Perfide: Immer von den Handys der Opfer. Ich weiß, dass ist nicht ganz in Ordnung, was wir machen. Aber es gibt keine andere Möglichkeit."

„Wenn das schiefgeht, können Sie Ihren Dienst quittieren. Und das wäre das kleinste Übel," gibt ein Beamter, der Gethims Absicht ahnt, zu bedenken."

„Ich weiß," kommt es leise zurück.

Astrid, die Quasselstrippe wird nach einigen Minuten hereingebracht. Herr Gethim erklärt ihr in wenigen Worten den Plan. Astrid verschlägt es die Sprache. Sie schüttelt heftig den Kopf.

„Nein, nein, nein. Das mache ich nicht. Ich bin doch nicht meschugge. Ich bin doch nicht lebensmüde."

„Ich habe es befürchtet. Vielleicht ist es ja auch besser so. Gut, Sie können dann wieder gehen. Wollen Sie sich trotzdem mit Ihrem Herrn Professor treffen?"

„Ich bin doch nicht bescheuert. Ich reise noch heute ab."

„Wir wünschen Ihnen eine gute Heimreise."

Kathrin verabschiedet sich und begleitet Astrid in die Klinik.

„Was hättest du denn gemacht?" will Astrid von Kathrin wissen.

„Ich weiß es nicht. Aber manchmal machen wir so etwas. Allerdings mit Profis."

„Was?"

„Ja, ich bin bei der Kripo. Reiner Zufall. Hat nichts mit dieser Sache zu tun."

„Wie läuft so etwas denn ab? Warst du auch schon ein Lockvogel?", will Astrid von Kathrin wissen.

Kathrin erzählt jetzt sachlich und emotionslos bis ins Kleinste wie so etwas vorbereitet wird und dann abläuft. Sie verschweigt auch nicht, dass ein gewisses Restrisiko bleibt.

Astrid wird ruhig und nachdenklich. Sie verschwindet in ihr Zimmer und beginnt, ihre Sachen für die Heimreise zu packen. In Gedanken sieht sie immer wieder den Schriftzug:

NEUER BLONDINENMORD IN BAD FÜRMONT?

Sie fängt zu schreien an, flucht wie der berühmte Kesselflicker und wirft plötzlich ihre kleine Reisetasche durch den Raum. Patienten und Angestellte auf dem Flur hören sie schreien und fluchen. Der herbeigerufene Arzt und eine Krankenschwester kommen ins Zimmer. Es ist wieder still geworden. Astrid sitzt auf der Bettkante. Sie schluchzt und weint herzzerreißend. Der Arzt versucht sie zu beruhigen: „Es wird alles gut. Wir sind bei Ihnen."

„Nichts wird gut. Alles ist Scheiße. Sie haben doch gar keine Ahnung," schreit sie den Arzt an. „Ich bin die Einzige, die... Ich kann das aber nicht. Warum ich? Ich habe genug mit mir zu tun. Und jetzt das dazu."

„Beruhigen Sie sich, Astrid. Keiner will was von Ihnen."

„Seien Sie doch ruhig. Natürlich wollen die… Wo ist Kathrin? Ich will mit Kathrin Nordkamp sprechen."

Sie setzt sich urplötzlich gerade hin. Hört auf zu weinen. Wischt sich die Tränen ab. Kathrin kommt ins Zimmer. Die Beiden bleiben allein.

„Kathrin, wenn du mir etwas versprichst, dann will ich euch helfen. Aber was ist, wenn ihr das Teil nicht am Auto anbringen könnt? Oder mit dem Handy? Ist das überhaupt geladen? Hat euer Auto genug Benzin? Ich habe Schiss."

Nach einer Stunde ist alles geklärt. Erforderliche Vorbereitungen werden getroffen.

In der Tiefgarage der Klinik herrscht Hochbetrieb. Spezialisten treffen ein. Unauffällig haben sie ein geräumiges Doppelzimmer in der Klinik bezogen.

Astrid wird über jedes Detail informiert. Über Notfallmaßnahmen, über Codewörter. Und wieder und wieder nach dem Codewort gefragt. Es ist ihre Lebensversicherung.

Noch zwei Stunden bis zum date. Wird das Treffen mit dem Mörder das mit dem Tod?

Noch kann ich abspringen, denkt sie in den letzten Minuten immer häufiger.

Eine halbe Stunde bis zum Treff. Auf dem Klinikparkplatz stehen zwei unbekannte Fahrzeuge. Und auch an den drei Straßen nach Blumenberg haben sich verschiedene Fahrzeuge positioniert.

Das Handy klingelt. Astrid sieht auf das Display: „Driemling," meldet sie sich mit belegter Stimme. „Ist gut. In einer viertel Stunde. Ich bin unten und warte auf dich."

Sie legt auf. Ihr Körper zittert. Kathrin und eine Kriminalbeamtin beruhigen sie.

Astrid begibt sich zum Parkplatz. Sie wird unruhig, da sie keine Fahrzeuge der Kripo sehen kann. Ein Mann kommt auf sie zu. Im Vorbeigehen ein kurzes: „Wir sind bei Ihnen."

Das beruhigt etwas. Ein Auto kommt auf den Parkplatz. Es hält bei Astrid. Der Beifahrer lässt sein Fenster herunter: „Wir warten dahinten auf Sie. Schütteln Sie jetzt mit Kopf. Sollten Sie gefragt werden, sagen Sie einfach, wir hätten gefragt, ob Sie mit wollen."

Das Fahrzeug entfernt sich. Noch zwei Minuten bis zum Date. Zwei Minuten sind vorbei. Jetzt sind fünf Minuten über die Zeit. Ist alles aufgeflogen? Ist alles vergeblich? Hat der Mörder die Vorbereitungen beobachtet?

Ein Sieben-Sitzer kommt langsam auf den Parkplatz gerollt. Der Fahrer steigt aus. Sein Blick prüft die Umgebung.

„Hallo, Astrid, schön, dass es klappt. Wir machen jetzt eine kleine Spritztour."

Er öffnet Astrid die Tür. Ihr Puls rast. Ihr Herzschlag knallt. Er muss es doch merken, muss es hören. Spritztour klingt wie Fahrt ins Jenseits. Hat Kathrin nicht gesagt: „Es wird ein Sender am Wagen angebracht." Aber wann und wo? Bis jetzt war keiner hier. Und den Wagen kennen die doch nicht. Das ist die erste Panne.

„Ist dir nicht gut?", fragt der vermeintliche Professor.
„Der Fisch heute Mittag. Ich weiß nicht."
„Im Institut kann ich dir etwas geben. Das hilft."

Sie fahren los. Der Sender, wo ist der Sender? Das ist das Todesurteil.

„Halt, halt, Astrid," ruft eine Frau. Sie fuchtelt mit etwas in der Hand.

„Gut, dass ich dich noch erwische. Ich hab dich angerufen. Und? Du hast dein Handy vergessen. Wenn du heute Abend später wiederkommt. Wer soll dich dann reinlassen? Schönen Abend, euch Beiden."

Die Kripo-Beamtin entfernt sich freundlich winkend wieder. Der Wagen fährt los. Aber der Sender ist immer noch nicht angebracht. Gut zweihundert Meter hat das Auto zurückgelegt.

Ein Rollstuhlfahrer überquert die Straße. Ein weiterer wird hinterher geschoben. Der Professor muss bremsen und sogar halten. Die schiebende Hilfsperson des zweiten Rollstuhls beginnt zu schimpfen und wild mit den Armen zu gestikulieren: „Können Sie nicht langsam fahren? Hier ist Dreißiger-Zone."

Er zeigt dem Professor den Vogel. Alexander lässt seine Scheibe herunter. Er rechtfertigt sich in gemäßigtem Ton: "Was soll das werden? Ich bin langsam gefahren. Und der Vogelzeig geht ja wohl gar nicht. Passen Sie besser auf Ihre Leute auf."
Ohne weitere Störungen geht es weiter in Richtung Blumenberg.

„Ich hoffe, dass wir jetzt ohne diese Störungen fahren können."

Astrid sieht nach hinten: „Was ist da unter der Decke?"
„Dahinten? Werkzeuge, Messmittel und so'n Zeug. Du wirst es gleich ja sehen."
„Blaulicht dahinten. Was ist da denn los?" fragt Alexander rhetorisch.

Erleichterung bei Astrid. Anspannung beim falschen Professor. Leichtes Schwitzen setzt bei ihm ein. Durch einen Verkehrsunfall muss er langsamer fahren. Seine Route und sein Plan sind aber nicht gefährdet. Es geht weiter, dem abgesperrten Parkplatz entgegen.

*****

Im Fürmonter Kommissariat befindet sich eine provisorisch eingerichtete Schaltzentrale. Alle sind konzentriert bei der Arbeit. Die Stimmung ist zuversichtlich. Alle Fahrzeuge hören gleichzeitig den Funkverkehr mit der Zentrale und untereinander.

„Wie ist der Stand? Alles planmäßig?", informiert sich Herr Gethim.

„Ja, Handy übergeben. Das GPS ist darin eingerichtet. Sie sind jetzt Höhe alte Baumschule. Müssen gleich Wagen zwei am T-Stück erreichen. Wagen zwei nimmt dann Verfolgung auf. Am Blumenberger Forsthaus steht Wagen drei zum Ablösen. Wagen vier steht für die andere Richtung an der Tankstelle. Wagen eins hat sie am Nachtclub verlassen."

„Was ist mit dem Sender am Wagen? Und warum hören wir nicht, was im Zielfahrzeug geredet wird?"

„Der Sender wurde während des Rohrstuhl-Stopps hinten am Wagen angebracht. Die Rollstuhl-Kollegen haben den Fahrer super abgelenkt. Er hat nichts von der Aktion bemerkt. Warum wir nichts aus dem ZF hören, weiß ich nicht. Zielfahrzeug hat Wagen zwei erreicht."

„Hier Wagen zwei. Wir übernehmen. ZF fährt Richtung Blumenberg. Nichts Besonderes. Zu schützende Person auf Beifahrersitz gesichtet. Zentrale? Wir kommen nicht auf die Bundesstraße. Wir müssen einige Baufahrzeuge vorbei lassen."

„Hier Zentrale. Wagen drei kann übernehmen. Es gibt bis dahin keinen Abzweig. Wir geben Ihnen weitere Instruktionen durch. Bis dahin fahren Sie ohne Kontakt nach Blumenberg. Wagen drei: Haben Sie mitgehört?"

"Ja, wir übernehmen, wenn ZF kommt."

„Wagen drei, Wagen zwei. Zielfahrzeug verringert Tempo. Befindet sich nahe der Linkskurve eins auf der Gappel. Wird noch langsamer. Biegt jetzt rechts ab. Das kann nur der alte Wanderer-Parkplatz sein. Wagen drei, fahren Sie hin. Überprüfen Sie die Situation. Möglichst unauffällig. Die Sicherheit von Person A hat absolute Priorität. Zielfahrzeug steht jetzt."

*****

„Warum werden wir langsamer?"

„Auf dem Parkplatz da vorne gibt es eine Messstation. Wir halten da an. Ich will einige Daten mitnehmen. Du könntest mir dabei helfen, wenn du willst."

„Der Parkplatz ist ja gesperrt."

„Das habe ich gemacht, damit wir nicht gestört werden."

Daniel stoppt den Wagen und löst das Absperrband. Er fährt auf den Parkplatz und sperrt ihn mit dem Band wieder ab. Er fährt tiefer auf den bewaldeten Parkplatz. Astrids Bauchgefühl meldet sich. Es verheißt nichts Gutes. Ihr wird heiß. Ihre Hände sind feucht.

Die finden mich hier nicht. Was hat der vor? Was

machen wir hier? Will der mich hier ..., sind ihre Befürchtungen.

„Nicht gestört werden? Wobei? Können wir nicht direkt ins Institut fahren?"

„Nein, wir halten hier. Ich habe doch gesagt, dass ich habe hier etwas zu erledigen habe."

„Ich habe Angst. Lass mich raus."

Das Auto steht jetzt. Der Motor ist ausgestellt. Er stellt die Zündung wieder ein, um eine CD laufen zu lassen. El Condor pasa. Von der Straße ist nichts zu sehen.

Astrid will die Tür öffnen. Der Griff fasst ins Leere.

„Ach ja. Das habe ich vergessen zu sagen. Die Tür ist defekt. Man kann sie nur von außen öffnen."

Das Gesicht des Professors verzieht sich zu einer Fratze.

„Für jeden eine. Eine für die Frau meines Bruders. Und jeweils eine für jeden Zwilling. Und du bist die Nummer vier. Für die Ärztin. Ich hasse sie. Wenn alle gerächt sind und die Ärztin tot ist, kehrt bei meinem Bruder auch wieder Frieden ein. Wenn du vernünftig bist, tut's auch gar nicht weh, glaube ich."

Ein widerliches Grinsen überzieht seine Visage.

„Jetzt sollst du sehen, für wen du stirbst. Für meinen Bruder. Für seine Frau. Für seine Zwillinge. Ich werde dir nicht sehr wehtun. Aber du willst doch sicher erfahren, wie es geht oder?"

Astrid wird fast verrückt vor Angst. Ihre Tür kann sie nicht öffnen. Fliehen? Geht nicht. Sie schreit. Er lacht schallend. Mitleidslos. Sie drückt sich gegen die Tür. Sie gibt nicht nach. Ihr Körper vibriert. Ihren Kopf schüttelt sie wild hin und her. Kreischendes Schreien.

„Gut, dann erkläre ich es dir. Ich gehe jetzt nach hinten. Unter der Decke sind zwei Kisten. So groß wie Särge. In der einen Kiste habe ich Brotmesser. Ganz neue. Ich werde sie dreimal benutzen. Der erste Piek trifft dich in den Bauch. Der zweite auch. Der dritte geht in dein Herz. Wenn du aber brav bist und schön bittest, trifft dich der erste ins Herz. Du brauchst dann nicht zu leiden. Die drei von meinem Bruder mussten ja auch nicht groß leiden, hoffe ich. Ich bin also großzügig."

„Nein, ich will nicht sterben. Ich habe Ihnen doch nichts getan. Ich kenne die Drei nicht einmal. Ich tue alles, was Sie wollen. Aber bitte…"

„Genug. Jetzt wird gehandelt."

Erneut versucht Astrid verzweifelt ihre Tür zu öffnen. Alexander grinnst wortlos. Er öffnet seine Tür.

Langsam, fast schleichend geht er nach hinten. Er öffnet die Heckklappe und zieht die Decke zur Seite. Aus der einen Kiste, dem Sarg, holt er ein Brotmesser hervor. Er nimmt es aus der Verpackung. Mit dem Daumen prüft er die Schärfe. Sehr schön. Er schließt die Heckklappe langsam. Die Zündung lässt er eingeschaltet. Astrid bemerkt es.

Sie lässt leise ihr Beifahrer-Fenster herunter. Sie greift nach außen und öffnet die Tür. Sie springt aus dem Auto und läuft so schnell sie kann ziellos weg.

„Halt, du Biest. Du entkommst mir doch nicht."

„Hilfe, Hilfe".

„Schrei nur. Hier hört dich niemand. Dahinten kommst du nicht weiter. Diesteln, Bennnesseln und ein Abgrund. Und hierher? Zur Straße? An mir vorbei?"

*****

„Person A verlässt ZF. Wird schneller. Scheint zu laufen, wahrscheinlich zu fliehen. Wagen zwei, Wagen drei: Höchste Gefahr für Person A. Sofort zum Parkplatz. Wagen vier: Auch Sie zum Parkplatz. Parkplatz absperren und Wagen zwei und drei unterstützen. Ab sofort handeln nach eigenem Ermessen."

*****

Alexander hat Astrid eingeholt und reißt sie zu Boden.

„Du willst also doch lieber leiden. Das kannst du haben. Ich werde den ersten Piek setzen und dir bis zum zweiten erzählen, was mein Bruder und ich seit dem Mord an den Dreien durchgemacht haben."

Alexander drückt seine Hand auf Astrids Mund, damit sie nicht mehr schreien kann. In Todesangst beißt sie zu.

„Au. Du Biest. Bist du bescheuert?" Er zieht die Hand zurück und versetzt ihr schallende Ohrfeigen links und rechts.

Sie spürt Blut in ihrem Mund. Ihr Ohr schmerzt. Wo bleibt die Polizei? Astrid verlässt sich schon längst nicht mehr auf die Beamten. Alles ist schiefgelaufen. Das Pfefferspray. In der Handtasche. Die liegt im Auto. Im Gras sucht sie vorsichtig nach irgendetwas. Sie fühlt etwas Hartes. Einen faustgroßen Stein. Adrenalin flutet ihren Körper. Mit aller Kraft schlägt sie auf ihren Widersacher ein. Für einen Moment ist er benommen und lässt von ihr ab. Zunächst. Sie kann sich befreien und erneut weglaufen. Doch nach wenigen Augenblicken hat er sich wieder aufgerappelt und läuft ihr hinterher. Der Mörder zerrt sie erneut zu Boden. Sie schreit und wehrt sich. Sie zerkratzt ihm das

Gesicht. Er flucht. Er zieht sie an den Haaren. Das Messer hat er nun richtig im Griff und sticht zu. Ein tierischer Schrei erschüttert den Wald der Gappel.

„Polizei! Lassen Sie das Messer fallen!"

Erneut sticht er zu. Ein Schuss fällt. Ein Schrei. Alexander lässt das Messer fallen. Schwer atmend sackt in sich zusammen.

Astrid schreit, weint, schluchzt. Die Beamten überwältigen den Mörder und führen ihn ab. Astrid ist gerettet.

Kathrin, die mitfahren durfte, steigt aus einem der Einsatzwagen, rennt zu Astrid und nimmt sie in den Arm. „Es ist vorbei. Du bist in Sicherheit. Du bist meine Heldin. Und du wolltest die stichsichere Weste nicht anziehen?"

„Du hast ja recht Aber es war trotzdem ganz schön knapp Und ihr habt mich verdammt lange zappeln lassen Und das sage ich dir Noch einmal mache ich so etwas nicht noch mal Das geht einem ja an die Nerven und dann dieses widerliche Grinsen Ich sag dir schrecklich."

Kriminalhauptkommissar Gethim kommt auf Astrid zu: "Ich danke Ihnen für Ihren Mut und Ihre Hilfe. Und morgen können Sie in dem Schmierblatt lesen:

Blondinenmörder in Bad Fürmont gefasst: Danke Astrid.

Sven kommt wie sein eineiiger Zwillingsbruder in Untersuchungshaft, selbstverständlich getrennt.

Am anderen Morgen werden Beide vernommen. Jeder beschuldigt den anderen, die drei Morde begangen zu haben. Und genau das hat einer der Brüder gemeint, als er vor ihren Verbrechen sagte: „Es gibt bei uns keine Sippenhaft. Also können wir nicht Beide für eine Tat verurteilt werden. Schlimmstenfalls Beihilfe. Es gibt zur Tatzeit Fotos von mir oder dir von Blitzern in München. Nur wir zwei wissen, wer geblitzt wurde. Was soll uns also passieren? Wir müssen nur standhaft sein."

Kriminalhauptkommissar Gethim und sein Hamelner Kollege beginnen die Vernehmung bei Beiden jedes Mal mit: „Möchten Sie einen Kaffee oder etwas anderes trinken? Dann erzählen Sie mal. Haben Sie einen, zwei oder drei Morde an Frauen in Bad Fürmont begangen?"

Die Brüder verhalten sich standhaft, wie sie es besprochen haben, und jeder unterschreibt danach das Protokoll.

Kommissar Gethim geht nach den Verhören zum Haftrichter. Zwei Haftbefehle werden ausgestellt.

Gethim und ein Kollege holen Manfred Illsig aus seiner Zelle und nehmen ihn wortlos mit zu dessen Bruder. Die Zellentür wird aufgeschlossen. Gethim, der Kollege und Manni betreten Svens Zelle. Er sitzt gelassen auf einem Stuhl. Als er die Drei sieht, erhebt er sich siegessicher und grinsend: „Na, nichts zu beweisen?"

„Sven Boschmann, ich verhafte Sie wegen des Verdachts des Mordes an drei Frauen und des versuchten Mordes an Astrid Driemling. Manfred Illsig, ich verhafte Sie wegen der Beihilfe zu den genannten Taten."

„Wir wollen unsere Anwälte sprechen", will Sven.

Am Nachmittag kommen die Anwälte und verlangen Akteneinsicht. Kommissar Gethim sieht sie an und meint dann nur: „Klare Sache, oder?"

Die Anwälte nehmen die Akten, ohne ein Wort zu sagen und überfliegen sie. Eine bestimmte Stelle liest einer der Beiden erneut durch: Die drei Einstichkanäle an der Toten zeigen Verläufe, die mit der linken Hand ausgeführt sein müssen.

Gethim bemerkt den fragenden Blick des Anwalts und triumphiert: „Wir haben ein Video bekommen. Es zeigt eindeutig einen der Zwillinge, einen Linkshänder. Beim Vernehmen nahm Sven Boschmann die Tasse mit der linken, Manfred Illsig aber mit der rechten Hand. Alle drei Frauen sind von einem Linkshänder getötet worden. Ich überlasse Ihnen die Schlussfolgerung, meine Herren Anwälte. Die Haftbefehle für Ihre Mandanten sind unterwegs."

Vom Ministerium des Inneren geht nach ein paar Tagen folgende Mitteilung an die Polizeidienststellen heraus.

Mit sofortiger Wirkung wird die Stelle des Sonderbeauftragten für besondere und spezielle Aufgaben im polizeilichen Bereich neu geschaffen. Der bisherige Kriminaldirektor, Herr Gstellter, von der Polizeidirektion Göttingen wird die Aufgabe wahrnehmen.

Ich bin sicher, Herr Gstellter wird die hohen Anforderungen des Amtes erfüllen.

Gezeichnet: Blaint, Staatssekretär des Inneren

ENDE